BUCH&media

Nymphenspiegel

Lyrik, Prosa und Geschichte –
Das Jahrbuch zum Nymphenburger Schloßpark
Band III

Herausgegeben von Ralf Sartori

Mit 78 Seiten zur *Schönheitengalerie* von Rudolf Reiser,
Beiträgen von Ute Seebauer, Fritz Fenzl und vielen anderen

BUCH&media

Weitere Informationen über den Verlag und sein Programm unter www.buchmedia.de

Weitere Informationen zum gesamten *Nymphenspiegel*-Kulturprojekt
und seinen drei Literarischen Salons unter
www.tango-a-la-carte.de oder beim Herausgeber direkt

Bibliographische Information der Deutschen Bibliothek

Die Deutsche Bibliothek verzeichnet diese Publikation
in der Deutschen Nationalbibliographie;
detaillierte bibliographische Daten sind im Internet
über <http://dnb.d-nb.de> abrufbar.

Bildnachweis
RALF SATORI: S. 7, 17, 35, 42, 79, 81, 82, 93, 97, 183
HELMUT LINDENMEIR: S. 59, 61
EVA SCHMIDBAUER: S. 85
HILDE GLEIXNER: S. 87, 90
MARYLKA KELLERER-BENDER: S. 25, 27, 29, 31
BARBARA DECKER: S. 62

März 2008
© 2008 Buch&media GmbH, München
Umschlaggestaltung: Kay Fretwurst, Freienbrink
Das Titelbild zeigt die 1835 von Hofmaler Stieler für die *Schönheitengalerie* Ludwigs I.
gemalte Constanze Dahn. Das Bild wurde jedoch aus Gründen, die auch dem Autor
des dazugehörigen Beitrags, Rudolf Reiser, nicht bekannt sind, daraus wieder entfernt.
Heute befindet es sich in Privatbesitz. Die Photographie dazu stammt aus dem Archiv
des Autors. Das Photo auf dem Buchrücken stammt von Ralf Sartori.
Herstellung: Books on Demand GmbH, Norderstedt
Printed in Germany · ISBN 978-3-86520-292-5

Inhalt

Zum Garten	8	Durch das Tor
	12	*Ralf Sartori* Über die nahe Verwandtschaft von Buch und Garten
Lyrik	17	Mit einem ausführlichen Beitrag zum »Apollo-Forum«, dem wöchentlichen Poesie-Salon im Nymphenburger Schloßpark …
		… und mit Gedichten von: *Ute Seebauer, Marylka Kellerer-Bender, Sabine Bergk, Ina May, Valeria Marra, Ralf Sartori, Manfred Pricha, Gisela Wimmer, Angelika Genkin, Silke-Ulrike Rethmeier, Fritz Plesch, Wolfgang Uhlig, Claudia Röhrecke, Horst Jesse, Susanne Schönharting, Barbara Decker und Susanne Bummel-Vohland*
Prosa und Geschichte	60	*Ralf Sartori* Die Eule im Park aus zwei Blickwinkeln
	64	*Ute Seebauer* Monopteros-Monolog: Über das Spazierengehen
	69	*Katarina Cuèllar* Das Schloß
	72	*Fritz Fenzl* Nymphenburg, Stille und Bewegung entlang geheimer Kraftlinien
	76	*Johan Daniel Gerstein* Im Nymphenburger Park
Fenster zum Botanischen Garten	80	*Ralf Sartori* Zur Einweihung des *Nymphenspiegel*-Bücherbaumes
	84	*Susanne S. Renner und Eva Schmidbauer* Füchse im Botanischen Garten und im Schloßpark

Würm-Transfer – Poesie am Fluss	88	*Ralf Sartori* mit Gedichten von *Sabine Bergk* Zur Magie des Wassers
	91	*Hilde Gleixner* Vom Schloßpark und seinem kleinen Bruder
	94	Gedichte von *Maya Sphinx und Sabine Bergk*
Kulturprojekt Nymphenspiegel	98	*Ralf Sartori* Die beiden anderen literarischen Salons, Wanderausstellung und Patenschafts-Modell des Kulturprojekts
Die Schönheitengalerie König Ludwigs I. im Schloß Nymphenburg	103	Die Schönheitengalerie
	175	Der Auftraggeber
	176	Der Maler
	177	Zur Galerie
	178	Zum Buch
	179	Literatur
	181	Abkürzungen
Freunde, Förderer, Künstler und Redaktion.	184	Kontakt zu Redaktion und Herausgeber
	184	Die 26 Autor(inn)en der diesjährigen Ausgabe
	189	Weitere *Nymphenspiegel*-Bände
	190	Mäzene, Förderer und Sponsoren des *Nymphenspiegels*
	190	Privat-Kulturpaten
	191	Werbe-Kulturpaten

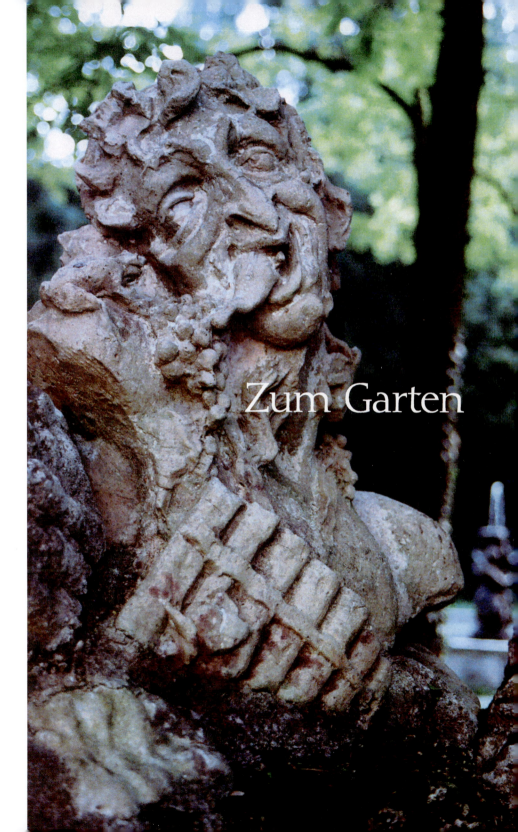

Zum Garten

Durch das Tor

Zum dreijährigen Jubiläum des *Nymphenspiegels* bietet dieser Beiträge von fünf renommierten wie außergewöhnlichen Buchautor(inn)en: Eine davon ist die heute in Neuhausen lebende Malerin und Schriftstellerin Marylka Kellerer-Bender mit bisher unveröffentlichten Naturgedichten und einigen Aktzeichnungen. Obwohl 2008 für diese Autorin des bekannten Buchs »Zen Katzen« den Eintritt in ihr hundertstes Lebensjahr bedeutet, ließ sie in ihrer charmanten und pfiffigen Art bei mir keinen der naheliegenden Gedanken an *Alter* auch nur zu.

Eine besondere Freude ist mir ebenso, daß Herr Dr. Rudolf Reiser für den *Nymphenspiegel* ein vollständiges Werk über die *Schönheitengalerie* von Ludwig I. verfaßte, das an sich schon ein eigenes Buch hätte werden können. Jene befindet sich bekanntermaßen im Schloß vor dem Garten der Nymphen. Besagtes Werk ist nun die bisher am gründlichsten recherchierte Arbeit zu diesem Thema überhaupt. Unter vielem anderen legt er darin auch überzeugende Hinweise darauf vor, daß der tatsächliche Vater von König Ludwig II., der im Nymphenburger Schloß geboren wurde, Guiseppe Tambosi, Sohn eines Kaffeehaus-Besitzers gewesen sein könnte. Andere Schlußfolgerungen lassen sich aus diesem Material auch schwerlich ziehen. König Maximilian II. Joseph, seinem vermeintlichen Vater, sah er außerdem nicht gerade ähnlich. Dafür machte er eine allzu herausragende *Bella Figura*, wie man sie am ehesten noch auf der Südseite der Alpen anzutreffen pflegt.

Rudolf Reiser war von 1969–1996 Redakteur für Bildung, Wissenschaft und Forschung bei der *Süddeutschen Zeitung*. Er publizierte rund tausend wissenschaftliche Aufsätze und 60 Fachbücher zu den Themen Antike, Städtemonographien, Bayerische Geschichte sowie Biographien. Zuletzt: »Kaiserin Elisabeth – Das andere Bild von Sissi«, München 2007. Somit ist er ein äußerst kompetenter Autor, um dieses heikle Thema glaubwürdig und überzeugend zu behandeln.

Mit Frau Dr. Ute Seebauer und Herrn Dr. Fritz Fenzl haben zwei weitere bekannte Autoren Beiträge für diesen Band geschrieben. Von ersterer stammt das 2006 erschienene Buch über Nymphenburg und Gern: »Am Kanal der blauen Glocken«. Es ist ein umfassendes und herausragendes Werk, das ich allen ans Herz legen möchte, die nicht nur am Park, sondern auch an den genannten Stadtteilen und ihrer Geschichte interessiert sind. Für den *Nymphenspiegel* verfaßte sie einen Essay mit Betrachtungen zum Thema Spazierengehen, insbesondere im Schloßpark. Unter anderem arbeitete sie bisher als Redakteurin beim Bayerischen Fernsehen.

Auch Dr. Fritz Fenzl, der viele Jahre Leiter der Monacensia und der Handschriftensammlung der Landeshauptstadt München war, nahm eigens Maß am *Nymphenspiegel* für seinen Essay. Bisher veröffentlichte er über dreißig Bücher und zahllose Beiträge für Zeitungen und den Bayerischen Rundfunk. Sechzehn Jahre schrieb er die »Lokalspitze« der Süddeutschen Zeitung.

Und mit Herrn Dr. Johann Daniel Gerstein fand ein Autor in diese Komposition, der nach erfolgreicher Industriekarriere, zuletzt als Vorstand der Löwenbräu AG in München, vor allem durch seine Bücher über den Pfaffenwinkel bekannt geworden ist. Der Titel seines zuletzt erschienenen Werkes lautet »Nymphenburg für Kinder – Eine Rötelmaus erzählt«; ein Genuß – nicht nur für Kinder, mit ganz besonderen Bildern vom Park und seinen Schlößchen.

Zudem freue ich mich über den gemeinsam verfaßten Artikel zweier weiterer Autorinnen, von Frau Prof. Susanne S. Renner, der Direktorin des Botanischen Gartens in München und Lehrstuhlinhaberin für Systematische Botanik an der Ludwig-Maximilians-Universität, und Frau Eva Schmidbauer, die für das Freiland des Botanischen Gartens verantwortlich ist: Über die Füchse, die dort und im Schloßpark hin und her wechseln.

Die außergewöhnlichen Gedichte der Opern- und Theater-Regisseurin Sabine Bergk, die bereits in zahlreichen Häusern quer über den Globus engagiert wurde und heute als freie Autorin und Regisseurin in München lebt, lassen ebenso aufhorchen wie die lyrische Prosa von Katarina Cuéllar, die in diesem Band eine erste kleine und noch zurückhaltende Kostprobe ihrer Arbeit gibt – zwei Autorinnen, von denen man noch hören wird, gewiß nicht nur in den nächsten Bänden des *Nymphenspiegels*.

Als poetischen Gruß vom Chiemsee an den Nymphenburger Park finden sich hier auch zwei sehr schöne Gedichte von Ina May. Ihre Vorfahren verkauften ihren gesamten Inselbesitz (von Frauen- und Herreninsel ist die Rede, die sie in Teilen besaßen) an König Ludwig I. So ermöglichten sie, daß König Ludwig II. dort Schloß Herren Chiemsee bauen konnte.

Die Aufzählung von so viel Prominenz mag auf den ersten Blick ein wenig aufgeblasen wirken, doch ist sie Ausdruck meiner Wertschätzung gegenüber diesen Autor(inn)en, die den *Nymphenspiegel* durch ihre Werke so großzügig unterstützten und beleben. Und es liegt auch ein Hauch von Tribut darin, an die Vertreter der Medien, ohne deren bisherige wiederholte Unterstützung der *Nymphenspiegel* gewiß heute unbekannter wäre – und die auch künftig wieder einige *Aufmacher* zur Präsentation benötigen dürften.

In Band III findet sich nun – zusammen mit all den anderen bemerkenswerten Autor(inn)en, deren Beiträge qualitativ den namentlich genannten Autoren in nichts nachstehen – ein Gesamtaufgebot, das zum künstlerischen Niveau – sowie dem eigenständigen und unangepaßten Profil des *Nymphenspiegels* wie angegossen paßt. Es zeigt, wie sehr sich dieser *Literarische Garten* im dritten Jahr seines Bestehens bereits auf bestem Boden verwurzelt hat, auch wenn er bisher finanziell noch immer in karger Erde steht und weiterhin rote Zahlen schreibt. Aus letzterem Grund sind Mäzene nicht nur willkommen, sondern dringend gesucht.

Das Kulturprojekt und Gesamtkunstwerk *Nymphenspiegel*, in dessen Zentrum dieses gleichlautende Jahrbuch steht, wurde in Band I und II schon sehr ausführlich in all seinen Teilen vorgestellt, weshalb ich mich hier dazu nur noch kurz fasse. Wer mehr darüber lesen möchte, kann dies dort, denn alle bereits erschienenen Bände dieses *Literarischen Garten-Kunstwerks* bleiben im Handel, da die in ihnen enthaltenen Beiträge von zeitlosem Wesen sind. Außerdem besteht jederzeit die Möglichkeit, einen der in diesem Projekt enthaltenen *Literarischen Salons* zu besuchen und so die unterschiedlichen Bereiche des *Nymphenspiegels* persönlich kennenzulernen, wie zum Beispiel auf dem wöchentlich stattfindenden *Offenen Poesie-Forum am Apollo-Tempel*. Die wichtigsten Informationen finden sich außerdem auf meiner Homepage.

Nur so viel sei hier darüber noch gesagt: Einem arabischen Sprichwort gemäß ist ein Buch ein Garten, den man in der Tasche tragen kann. Der *Nymphenspiegel* nimmt diese Idee anhand seiner Dreiteilung in die Kapitel »Lyrik«, »Prosa« und »Geschichte« auf. Durch jene spiegelt er den Nymphenburger Schloßpark jährlich mit neuen Beiträgen wechselnder Autor(inn)en, Gartenliebhaber und Spaziergänger, die sich *von* ihm, mittels der persönlichen Beziehungen *zu* ihm, literarisch inspirieren lassen. Anhand dieses Beispiels zyklisch fortlaufender Reflexionen eines Gartenkunstwerks zeichnet sich von Band zu Band aber parallel dazu auch eine universale Ebene ab. Denn dabei wird deutlich, wie anhand *eines* alten und beseelten Bereiches gestalteter Natur, beziehungsreich und immer wieder neu, sowohl der betreffende Garten als auch die zu ihm in Beziehung tretenden Personen künstlerisch gespiegelt werden und zum Ausdruck gelangen können.

Durch den *Nymphenspiegel* geschieht das lyrisch-poetisch, philosophisch-reflektierend, erzählerisch – und teilweise auch wissenschaftlich, in Texten,

Bildern, musikalischen Kompositionen, in Gruppen, bei Veranstaltungen und Aufführungen, ganz so, wie es seinen verschiedenartigen schöpferischen Feldern entspricht.

Der Nymphenburger Schloßpark ist zwar gewiß ein herausragender und besonderer Ort, grundsätzlich aber ist dieses künstlerische Konzept – zum Beispiel wenn es in diesem Teil Münchens nicht auf ausreichend Interesse und Unterstützung trifft – auch auf andere Garten- und Parklandschaften übertragbar. Wie erwähnt, ist dieser dem Schloßpark zugeordnete *Literarische Zwillingsgarten*, das Herzstück eines weit umfangreicheren Gesamtkunstwerks, gleichen Namens, an dem im Grunde *jeder Flaneur, jede Gartenliebhaberin* aktiv teilnehmen kann. Die ideenhafte Gliederung sieht folgendermaßen aus: Der Park bildet den magischen Kristallisationspunkt und Quell künstlerischer Inspiration, der zu ihm in Beziehung tretenden Spaziergänger oder *Gärtner*. Das regelmäßig zum Frühlingsanfang erscheinende Jahrbuch übernimmt dabei die Aufgabe, die besten daraus entstehenden literarischen Beiträge einer Brunnenschale gleich zu sammeln und dem Park in Form eines künstlerischen Spiegels wieder zurückzugeben, wodurch sich ein Kreis schließt, und wobei jene auch in andere Bereiche überfließen. Diese sind:

♦ Kulturveranstaltungen wie Lesungen, Künstler- und Autorenfeste
♦ Ein jährlich vergebenes Schreibstipendium in Form einer mehrmonatigen Arbeits-Betreuung
♦ Kultur-Patenschaften
♦ Kompositionswettbewerb, Konzert und CD, in Zusammenarbeit mit dem »Steinway Haus München«; all diese Konzerte, die sich aus der Vertonung ausgewählter *Nymphenspiegel*-Lyrik ergeben, werden in Nymphenburg uraufgeführt.
♦ Photoprojekt und Wanderausstellung
♦ Der »Würm-Transfer« – »Poesie im Fluß«
♦ Die »Literarische Brücke zum Englischen Garten«
♦ Das »Poesie-Forum« im Schloßpark
♦ Die beiden weiteren Literarischen Salons des Projektes
♦ Das »Fenster zum Botanischen Garten«

Da bereits viel über diese Veranstaltungs-Zweige des *Nymphenspiegel*-Baumes in den vorangegangenen Bänden geschrieben worden war, werde ich hier, im Anhang, nur noch auf die letzten beiden ausführlicher eingehen, da sie sich erst zu Anfang des vergangenen Jahres auszubilden begonnen haben.

Über die nahe Verwandtschaft von Buch und Garten

Es war einmal vor langer Zeit – da mutmaßten die Menschen noch darüber, ob Bücher den Lauf der Welt verändern könnten. Heute, wo wir alle so abgeklärt, und *realistisch* geworden sind, rufen solche Vorstellungen bei den meisten wohl nur noch ein resigniertes Lächeln oder ein sarkastisches Grinsen angesichts eines solch naiven Idealismus hervor.

Eine der Lektorinnen eines großen Verlages vertraute mir einmal an: »Wir arbeiten hier wie eine Tennisball-Maschine: Zweimal pro Jahr schleudern wir eine Salve Bücher hinaus; und was nicht gleich beim Käufer *trifft*, bleibt eben auf der Strecke. Der Wettbewerb wird immer härter – und den Umsatz machen wir hier über die *Masse* der Titel. So etwas wie eine nachhaltige *Buchpflege* gibt es seit langem kaum mehr – unsere Zeit wird eben immer schnellebiger.«

Früher einmal (gab es diese Zeit jemals?) sei das – so sagt man zumindest – noch anders gewesen, als Bücher noch nicht vorrangig Ware und kurzlebige Konsumartikel waren, als die Konzepte für sie noch nicht überwiegend in den Marketing-Retorten der Verlage, gemeinsam mit den Verkaufsvertretern, zusammengekocht – und Manuskripte noch nicht nach dem vermeintlichen Bedarf in Lektoraten zurechtgefleddert und umgestrickt wurden – ja, früher, vielleicht einmal ...?

Ob nun Bücher die Welt verändern können oder nicht – was den *Nymphenspiegel* betrifft – bin ich schon glücklich, wenn er die eine oder andere unterkühlte *innere* Welt wieder zum Klingen bringt, dazu, frühlingshaft aufzuleuchten, wenn auch nur für kurz – und dabei vielleicht zur kreativen Mitwirkung inspirieren und so ein wenig verändern kann. Denn zum Gärtner der eigenen Welt muß doch schließlich jeder selbst werden – also für ihr Wohl und Blühen, ihre Lebendigkeit täglich sorgen.

Aber davon abgesehen, hat der *Nymphenspiegel* im dritten Jahr seines Bestehens schon etwas durchaus Bemerkenswertes erreicht: Nämlich eine weitgehende Unabhängigkeit von den in dieser Branche geltenden Systemzwängen. Finanziell ist er mittlerweile sogar von dem Verlag unabhängig, in dem er erscheint, da er schlichtweg, wenn auch noch nicht kostendeckend, aus anderen Quellen finanziert wird – und weil er sich, neben den üblichen, ganz eigene Verbreitungswege erschlossen hat. Denn der *Nymphenspiegel* folgte bisher konsequent der Entscheidung, sich selbst treu zu bleiben und so ganz unwillkührlich auch zur Veränderung des Systems beizutragen – als kleiner Teil des Ganzen; und was dabei den eigenen Weg betrifft, können sich seine bisherigen Schritte durchaus sehen lassen.

Vielleicht werden es letztendlich aber eher die Gärten sein, noch vor den Büchern, die den Lauf der Welt tatsächlich beeinflussen? Oder um genauer zu sein, unsere Haltung ihnen gegenüber, welchen Raum und Wert wir ihnen in unseren immer größer werdenden Ballungszentren beimessen – und wie weitgehend und kreativ wir ihr pädagogisches und transformatorisches Potential erkennen, zu nutzen wissen – und auch dazu gewillt sind?

Denn damit sich unser Inneres öffnen und entwickeln kann, bedarf es doch eines natürlichen und menschengerechten Umfeldes. Es bedarf auch eines Ortes mit Seele, mit Seele und Geist. Diese Orte werden aber in unserer grauen Zweck- und Funktionswelt immer seltener. Unser Inneres verschließt sich jedoch einer solch lebensfeindlichen Umwelt, die unbeseelt ist und nicht zu ihm spricht. Sicher war es daher zu *keiner* Zeit so wichtig und entscheidend für das Überleben, nicht zuletzt für das unseres Inneren, auch und gerade im Äußeren, Inseln und Oasen zu erschaffen. In ihnen können sich Seele und Geist wieder spüren und ihrer selbst erinnern, weil sie sich darin wiederfinden und angesprochen fühlen. Vieles liegt brach bei ganzen Generationen, die ohne Natur aufgewachsen sind, geprägt von der Schein- und Ersatzwelt der Medien, die uns nur ein flaches und leicht konsumierbares Zerrbild des Lebens vor Augen halten. Da mag es nicht verwundern, wenn die Abhängigkeit von den Suchtmitteln der Konsumwelt an sich, die uns unseren eigentlichen *Hunger* kurzfristig vergessen machen, dafür aber eine trostlose innere Leere hinterlassen, weiter zunimmt.

DOCH WOZU SYNTHETISCHE ERLEBNISWELTEN? Legen wir lieber wieder blühende Gärten an – außen und in unserem Inneren, dann können wir auf wild wuchernde Ersatzwelten verzichten. Warum beginnen wir nicht endlich wieder, *selbst* zu leben? Natürlich liegt es auf der Hand, daß freie und erfüllte Individuen eine vielfältigere, friedlichere und gesündere Welt mit sich brächten. Leider ist aber ebenso unübersehbar, daß erstere nicht im Sinne des herrschenden Systems sind. Sie lassen sich nicht so leicht manipulieren – weder merkantil noch politisch.

Liebe Leser(inn)en, mit dem *Nymphenspiegel* schlage ich Ihnen nun vor, ein klein wenig an der Welt-Revolution der Poesie teilzunehmen. Sie lachen?

Aber vielleicht ist sie unsere einzige realistische Chance? Das wäre dann eine ganz eigenartige Revolution, für die es kein Programm, kein Manifest, keinen »...ismus« geben kann. Wäre das nicht sympathisch! Nur die innere Stimme, die in jedem einzelnen wiedererweckt werden möchte, in den freien Gärten unseres eigenen Seins, vermag dabei zu führen.

Im *Nymphenspiegel* geht es um die wechselseitige Beziehung des gesprochenen und geschriebenen Wortes mit der Sprache, den Chiffren von Natur und Gärten. Die These, daß Bücher Gärten sind, die man in der Tasche tragen kann, läßt daher durchaus einen Umkehrschluß zu, welcher lauten könnte: GÄRTEN SIND BÜCHER, aus denen Gärtner, Spaziergängerinnen oder Gartenliebhaber viel über sich, die schöpferische Quelle in ihrem Inneren sowie über ihre ganz intime und unverwechselbare Beziehung zum Lebensganzen nach und nach herauslesen lernen können. In einer Schrift, die so *geheim* ist, daß sie für uns alle ganz offen da liegt. Eigentlich ist es leicht, darin zu lesen: allerdings nur mit Hingabe, den Augen der Liebe, und durch die Brille der Weisheit, unterstützt von ein wenig Wissen und Erfahrung.

DAS SPIELENDE KIND IN DER NATUR setzt im Grunde den ersten Impuls zu jeglichem gärtnerischen Tun. Ein wahrer Gärtner wird es sich wohl – zumindest in seiner Arbeit – bewahrt haben? Wenn ein Kind über eine Wiese rennt, Purzelbäume schlägt und außer sich vor Freude ist, entspringt dieser Zustand einer Art Raserei, einer *Wut der Abtrennung*. Es möchte eins werden mit der Welt, der Natur. Es will aus sich hinaus und zugleich alles mit seinen Sinnen fassen und so in sich hineinnehmen. Seine Seele ruft: Es sei in mir; ich sei in ihr. Diese Lust will Ewigkeit und betrachtet jegliche Trennung und Zerstückelung als inakzeptabel. Während das Kind durch hohes Gras robbt, taucht es in den Mikrokosmos der Insektenwelt ein. Am Flußufer laufend weitet seine Seele sich in die ganze endlos scheinende Auenlandschaft hinein. Das Kind möchte sich hingeben, an etwas verlieren. Anderseits will es dieses Etwas formen und gestalten. Es staut Bäche und gräbt Kanäle. Oder es baut sich eine Hütte aus Moos und Zweigen im Wald. *Friedrich Schiller* unterscheidet beide Tendenzen der Seele in seinen *Briefen zur ästhetischen Erziehung des Menschen* als *Stoff*- und *Formtrieb*. Der sogenannte Stofftrieb beginnt den Menschen in der sinnlichen Erfahrung der Welt zu erfassen, durch die er die Welt *ergreifen* möchte. Dieser Trieb ist zutiefst rauschhaft und eros-behaftet. Der Formtrieb hingegen erwacht mit der Erfahrung der Gesetze, der Ordnung und Struktur, *durch* die der Mensch die Welt *begreifen* und selbst gestalten möchte. Beide ebenso in der Natur selbst vertretenen Prinzipien werden auch als *Eros* und *Logos* bezeichnet. Diese polar angelegten, einander entgegengerichteten Kräfte hält das Kind spielend in der Balance.

»(...) der Mensch spielt nur, wo er in voller Bedeutung des Wortes Mensch ist, und er ist nur in voller Bedeutung des Wortes Mensch, wo er spielt« – so *Friedrich Schiller.* Das Kind in unserem Inneren ist also der Träger unserer schöpferischen Kräfte und somit eine Voraussetzung für den Gärtner der inneren – sowie der äußeren Welt.

Legen wir einen Garten an, beginnen wir, ein Buch zu schreiben, in dem etwas Großes unentwegt seine Handschrift neben die unsere setzt, wobei sich beide Linien zunehmend zu einer einzigen Kalligraphie verbinden können. Schreiben wir ein Buch, geschieht günstigstenfalls dasselbe. Einen Garten anzulegen – wie auch ein Buch zu schreiben – bedeutet, ein Vielerlei zu einem organischen Ganzen zu verbinden, eine Unternehmung, die ich nun hier im *Nymphenspiegel* mit den Beiträgen der unterschiedlichsten schöpferischen Autor(inn)en die Freude und Ehre habe, jährlich neu zu wagen.

Im Garten wirken die Kräfte der Natur. Das macht ihn zu einem großen Buch der Weisheit. Er lehrt uns zu schauen und schauend zu begreifen. Öffnen wir uns der Schönheit der Natur, so wird der Garten, solange wir ihn gestalten oder schauend und gehend mit ihm im Austausch stehen, zum Gärtner unseres inneren Gartens. Während wir ihn hingebungsvoll gestalten, wird er unser Inneres formen.

Geben wir ihm durch unsere Arbeit die Inspiration zurück, die wir von ihm fortwährend empfangen, wird er für uns zu einem Weisheitsbuch, in dem sich täglich eine neue Seite öffnet. Dabei wird der Garten teilhaben und mitschreiben am Buch unseres Lebens.

Manche Menschen haben einen festen Plan, von dem sie nur ungern abweichen. Die Gestaltung folgt ihrer Vorgabe. So werden oft auch Bücher geschrieben. Zuerst ist da das *Konzept*, dann kommt die Gliederung. Die vorgegebene Struktur ist wie ein Skelett, welches das fertige Lebewesen schon vorwegnimmt. Der Inhalt braucht nur noch *eingefüllt, die Knochen mit Fleisch bemäntelt werden.*

Wieder andere *pflücken* ihre *Eingebungen* eher wie spielende Kinder. Sie setzen einzelne Inseln, die sie erst einmal, eine jede für sich, ausgestalten. Die Inseln wachsen nach den Eigengesetzlichkeiten ihres Werdens, im Austausch mit dem, der sie ersinnt. Der Gärtner wählt, verändert, gruppiert, löst auf und setzt neu zusammen, immer im Dialog mit dem sich durch sein Werk verändernden Ganzen der Natur. Schließlich werden Beziehungen zwischen den Inseln geknüpft. Eine Gesamtstruktur entsteht und verändert sich, wirkt im Verlauf des Werdens auf ihre Teile zurück, bis über den Weg zahlloser Umwandlungen am Ende ein in sich stimmiger Organismus steht. So kann man Gärten anlegen oder auch Bücher schreiben.

Ich persönlich bevorzuge den mittleren Weg zwischen vorangestelltem Entwurf und der Offenheit, während des Arbeitsprozesses immer wieder neue Inspiration zu empfangen und in diesen noch einfließen zu lassen. Auch Friedrich Ludwig von Sckell, der Schöpfer des Nymphenburger Schloßparks sowie des Englischen Gartens in München, der in dieser Stadt im 19. Jahrhundert auch grundlegend stadtplanerisch gewirkt hat, dürfte sich auf dieser Linie bewegt haben. Er war gewiß kein abgehobener technokratischer Schreibtischtäter, der, wie das heute so oft geschieht, an der Realität des Lebendigen vorbeiplante. Sckell war eher ein Universalkünstler und Philosoph im besten Sinne, der seine Entwürfe, die für ihn oft nur Momentaufnahmen waren, dem gestalterischen Dialogprozeß mit Natur und Gelände immer wieder neu anpaßte. In diesem Sinne möge der Nymphenburger Schloßpark nun seine Handschrift, ihm ganz wesensgemäß, im *Nymphenspiegel* wiederfinden.

Ralf Sartori

Lyrik

Mit einem
ausführlichen Beitrag
zum »Apollo-Forum«,
dem wöchentlichen
Poesie-Salon im
Nymphenburger Schloßpark ...

Verschlüsselte Bilder
(Eine Art Einleitung)

Ist nicht Poesie
oft auch der Sinn,
der *nicht* gemeint,
da er Tieferes auf sich vereint,
der ungewollt mitschwingt,
weil jedes Ding mit jedem Ding
in anderer Weise klingt?

So bricht der Keim der Poesie
oft unterschwellig, im Spontanen,
wenn auch nur da und hie
und kurz, den grau profanen
Asphalt, Zement, der Normenwelt,
in dem Lebendiges nicht leichthin hält.

Doch wer vermag dies Feld
noch zu bestellen?
Wer möcht' hier Gärtner sein,
um unser Ödland zu erhellen,
ihr – und damit sich zu dienen,
sich daran zu laben
und in der Sprache tieferem Grund zu graben?

Bühne frei,
für die Autor(inn)en des *Nymphenspiegels*!

Ralf Sartori

EMPORSTEIGEN
aus dem Sumpf des Gelebt-Werdens
der Anpassung an die Mittelmäßigkeit

STANDHALTEN
dem Sog des Alltags

SICH ENTREISSEN
der Eintönigkeit
dem Vorherbestimmt-Sein

NUR das HEUTE leben

Silke-Ulrike Rethmeier

Schauend durch der Täler Gärten streifen

Im Blick
das Nahe und das Ferne

Ruhend an der Bäume Stämme nähren

In den Adern
gelassen sowie wärmend

Weilend in der Gedanken Ströme tauchen

Der Frieden
zu mir
seinen Weg gefunden

Silke-Ulrike Rethmeier

Schon welkt des Tages zartes Blau
ermattet das Grün der Reben

Vergilbt die Sonne
unscheinbar verblaßt
zum Untergehen wird sie vom Mond getrieben

Pastellgetönt in klarem Weiß
die Dämmerung ihr Kommen verschleiert

Unterwegs der Friede
durchsichtig sein Kleid
unerhört sein Lied vom ewigen Leben.

Färbt ab die Stille auf die Zeit
weil auch das Laute sich ermüdet

Erblüht die Nacht
erwacht vom Ruh'n
beginnt lautlos Schwarzes ins Licht zu weben

Silke-Ulrike Rethmeier

Meine Heimat ist überall
mit
einem Bett
einem Klavier
meiner Schreibmaschine
Papier
Papier
Papier
Kissen
Kerzen
Büchern
einem Blumenstrauß
Musik
vor dem Fenster ein Baum
vor der Tür mein Rad
und ab und oft
wünsch ich mir
Deinen Besuch

Silke-Ulrike Rethmeier

Fallende Blätter
andere berührend
verharrend
Halt suchend
Um dann gemeinsam
in den Abgrund
zu schaukeln

*

Bäumelt vergnügt
ein Weidenblatt
Träumelt
mit den unter ihm fließenden Fluten
Wippt und dreht sich
vom Winde gewiegt
fühlt sich nicht zum Trauern berufen

Silke-Ulrike Rethmeier

Gewitterschwüle

Schwere Luft,
atemloses Schweigen –
Himmelsbläue ermattet
zu lichtleerem Grau.

Lustlose Sonne, stechend,
durch rauchigen Nebel,
farblose Wolken,
träge am Himmel.

Müde Blätter
an hängenden Zweigen,
ersterbendes Zwitschern
aus dem Geäst.

Zielloser Falter
zwischen welken Halmen,
Knicken eines Astes
in der Stille –

Hingebendes Warten –
Warten – warten –
auf einen Lufthauch,
auf den erlösenden Blitz.

Marylka Kellerer-Bender

Sommerregen

Graue Schleier
vor dunklen Bergen,
lichtloser Himmel,
Stille – Grau.

Tropfende Blätter,
gebückte,
Silbertropfen
auf schweigendem See.

Nur feuchtes Holz
und Fichtennadeln
duften nach Leben.

Marylka Kellerer-Bender

Verwandlung

Ob wohl die Kirsche,
rund, rot und prall,
sich noch der Zeit entsinnt,
da sie zart duftende Blüte war?

Weiß es der Falter noch,
von Blüte zu Blüte taumelnd,
wie er als Raupe mühsam
durch grüne Blätter kroch?

Marylka Kellerer-Bender

Herbst

Die Natur zeigt ihre ersten Altersfalten.
Noch blüht sie in trunkener Farbenpracht,
wie eine Frau sich schminkt, um zu erhalten,
was Frühling einst an Lust in ihr entfacht.

Der Blätter erste Falten sind noch bunt.
Rot, gelb und braun flirren sie im Licht.
Ihr schrilles Lachen gibt noch keine Kund'
von Schwäche, Welken und Verzicht.

Dem verführerischen Spiel des Windes
geben sie sich jauchzend hin,
wirbeln mit der Lust des Kindes
durch die Lüfte leicht dahin.

Bis des Windes sanftes Wehen
plötzlich schwarzen Stürmen weicht
und der Tanz der Blätter hilflos
letzten Erdengrund erreicht.

Vorbei der Sommer – vergangene Fülle,
die alten Blätter faulen hin.
Doch in geheimer weißer Stille
wächst lautlos Leben zum Neubeginn.

Marylka Kellerer-Bender

November

Drei fahl-gelbe Blätter
hängen noch am Baum,
an schwarzen Ästen,
die zum Himmel ragen.

Regen, Sturm und Wind
haben sie getrotzt,
sich festgeklammert
an kargen Sonnenstrahlen.

Noch fließt ein schwacher Lebenssaft
in ihren dürren Adern,
bis auch er erstarren wird
in der Kälte klirrender Kraft.

Marylka Kellerer-Bender

Das braune Blatt

Ein braunes Blatt
ist noch übriggeblieben
vom vergangenen Frühling,
Sommer und Herbst.
Stumpf und starr
duckt sich's im Grünen,
es lebt nicht, es stirbt nicht
und wartet, zuletzt,
auf die feuchte Decke
des Schnees.

Weiß und leicht
und kalt und weich
wird er das starre Blatt
umhüllen,
er wird es erweichen
und es erfüllen
mit dem sanften Nichts
des Schnees.

Marylka Kellerer-Bender

Die Sprache der Gedanken

Wie ein Stift, der beweglich, ohne Bremsen,
seine Pfade auf dem Blatt beschreibt,
umkreisen dich spiralengleich Gedanken,
dringen flüssig – tropfenweise – in dich ein.

An dir umwickelt,
gedankenschwerer rauher Stamm,
so richte ich das Wort an dich,
in der Sprache der Gedanken.

Mir bist du Antwort in der Winde Pfeifen
und im Blätter-Grün der Lymphe, die ich trinke.
Anhalten möcht' ich und in Symbiosen leben,
Stamm – Rinde – Blatt. Dein Leben ist das meinige.

Verlieren möchte ich mich in der Winde Pfeifen,
erzittern mit dem Donner, der mich innen schüttelt,
und im Innern deines Stammes – Heimat – Körper – Leben,
würd' ich meine Seele endlich öffnen.

Mich ausdehnen im Raume deiner Äste
und der Winde Pfeifen atmen.

Valeria Marra

Ahnung

Mitten im Frühling
streift ein kühler Hauch mein Herz,
die Ahnung von Herbst.

Ich geh unter Blüten,
atme Farbenpracht und Duft.
Warum wird mir kalt?

Das Fließen der Zeit –
manchmal kann ich es fühlen.
Nichts bleibt wie es ist.

Ich lausche dem Wind.
Er hat so viele Stimmen
und singt mir sein Lied.

Es ist immer neu.
Gut, sich daran zu freuen,
wie immer es klingt!

Aus Frühling wird Herbst
und Winter folgt dem Sommer.
Es ist wie es ist.

Gisela Wimmer

Im Park

Durch das Tor in den Park.
Eine verzauberte Welt.
Statuen aus vergangener Zeit
Wollen mit mir sprechen.

Unter schattigen Baldachinen
Dunkle verschwiegene Wasserläufe.
Fröhliches Mädchenlachen.
Keine blaßgrüne Ophelia.

Inmitten Poseidons Rosse.
Aufsteigende Fontänen.
Feiner Wasserstaub
Treibt das Grün.

Stumm stehen die Bäume.
Sie könnten erzählen
Von süßen Worten,
Und bitteren Tränen.

Einst gingen parlierend
Prinzessinnen und Chevaliers.
Heute Jedermann.
Veränderte Zeiten.

Horst Jesse

Spiegelwelten

Von Bäumen gesäumt sind sie,
die Alleen der Vergangenheit,
von mancher Träne benetzt,
die Gräser, der Sand am Ufer.
Im wirbelnden Laub –
die Blattgerippe, so durchscheinend hell,
und eine leise Stimme spricht von Verschwendung.
Natur in ihrem Eigensinn,
sie nimmt und sie gibt,
sie verdammt und sie liebt.
Der Garten der Könige,
der das Leben weiterschenkt,
das sie selbst längst verloren.
Die Blumen der Damen,
die ihren Duft verströmen,
die Sinne betören,
wo das Parfum kaum beachtet
im Wind verweht.
Die alten Steine singen ihr ewiges Lied,
versagen sich den Elementen –
wo die Fontäne der Leidenschaft
nur zu gerne
ihre weißen Kaskaden
der Luft eines Traumtages überläßt.

Ina May

Der Schwan

Die weißen Segel aufgebauscht,
kreuzt er langsam die Kanäle –
den schlanken Hals emporgereckt
und wie ein Masten aufgesteckt,
durchteilt sein Federbug die Welle,
die entlang der Ufer rauscht.

Gleich einer Gallionsfigur
zieht er dem eigenen Kahn voraus –
treibt auf dem Spiegelbild dahin,
ganz ohne Streben nach dem Sinn,
sucht nirgends Halt, baut sich kein Haus
und ruht im Schoße der Natur.

Barbara Decker

Frühsommerliches Weiß in Nymphenburg

Weiß aus dem Hintergrund leuchten Schloß und Statuen
zwischen den kerzenbeschneiten Kastanien.
Der alte Kanal durchschneidet in strenger Linie und dunkel
die schäumenden Wellen der Margeritenwiesen.
Mittendrin lagert, als blendendes Oval alles übertrumpfend, ein Schwan.

Weiß auf weiß liegt sein Hals. Nur dessen Schatten
formt die weiche Kurve des S: Schönheit.
In halbem Schlaf ruht er und halb
seiner vollendeten Ruhe bewußt.

Ute Seebauer

Sommerabend am Nymphenburger Kanal

Der Sommer kommt gegangen,
am Schloß, da kehrt er ein,
in Lindenbaum-Alleen
da duftet's süß und fein.

Der weiße Yasmin leuchtet
aus sattem Grün hervor,
die allerschönsten Rosen
schmiegen sich an Haus und Tor.

Der Abendhimmel leuchtet
in Pink, Azur – pastell,
der Sommer malt ein Abendrot,
schön wie ein Aquarell.

An Abenden wie diesem,
so warm, so heiß, so schwül,
spaziert es sich recht angenehm –
am »Canale Nympho« – und kühl.

Unter den Allee-Bäumen,
da laden Bänke ein
zum Himbeereis-Genießen,
zu Schloßpark-Träumerein.

Allmählich wird es dunkel,
die Vögel geben Ruh
und auch die stolzen Schwäne
streben dem Ufer zu.

Das Schloß mit seinen Flügeln
löscht seine Lichter aus
und auch der alte Träumer,
er geht nun still nach Haus.

Fritz Plesch

Glücksbank

Glückstag,
Bank frei,
Sonnenplatz

Glücksplatz,
Sonnenbank,
Tag frei

Glücksbank,
Sonnentag,
Platz frei

Sonnenglück,
Freiplatz,
Banktag

Bankplatz,
Tag Sonne,
Glück frei

Susanne Schönharting

nachmittägliches radlerglück
(in einer Kleingartenwirtschaft hinter der Schloßmauer)

im hexenhaisl, im hexenhaisl
hamma a pause gmacht,
hamma a pause gmacht –
hamma unsa geid zammzählt,
hamma a radler bschtellt –
und d wirtin hat glacht.

im hexenhaisl, im hexenhaisl
samma niedagsessn,
samma niedagsessn,
hamma unsre füaß ausgschtreckt,
hamma unsre Lippn gleckt –
und a kasbrot gessn –
und a kasbrot gessn.

ja, im hexenhaisl, ja, im hexenhaisl
hamma wos gessn und trunken,
hamma wos gessn und trunken
und drobn von der himmels-au,
wia im bilderbuach weiß und blau,
hat uns a kloane wolkn – zuagwunken,
hat uns a kloane wolkn zuagwunken.

Fritz Plesch

leicht sinnig

etwas flatterhaftes
wohnt diesem park inne
mit langen beinen
bis unter den zeltrock
münden die kanäle
ein seidenschwanz
über einer wiesenflockenblume
federt seinen flug peu à peu ab
seits des monopteros
steigen die nymphen
im dämmerlicht
aus dem wasserdunst
wenden sich
der badenburg ab
und zu der pagodenburg
wieder und wieder

wenden sie sich durchwirkt
in ihrem lichtkleid
vom letzten strahl am band
der fliehenden sonne
untergetaucht im kühlen schatten
des umfriedeten ahas
vom blick aus dem fenster gestreift
die chinesische papiertapete
umschmeichelt das exotische
ambiente fernöstlichen stucks
draußen im fahlen
schwingt sich der gelbspötter auf
ob sie es wirklich waren
erkennt der versteckte leichtsinn

Manfred Pricha

Eine poetische Mund-zu-Mund-Beatmung für den Schloßpark

Aber natürlich atmet dieser Park, wenn auch manchmal schwer – wie zum Beispiel unter der oft erdrückenden Masse seiner Besucher – gerade an den Wochenenden, die nicht selten kommen, um vor allem ihre Last dort zu lassen und sich bei ihm wieder Kraft zu holen; oder auch darunter, nicht verstanden –, nicht in seinem eigenen Wesen wahrgenommen zu werden.

Wie? Sie *zweifeln* daran, daß dieser Park ein eigenes Wesen besitzt?! Dann haben Sie womöglich auch noch nichts von dem literarischen Salon gehört, der jeden Samstag am Apollotempel stattfindet und sich um eben jenes Wesen dreht? Es ist ein offenes Forum, das selbstdichtenden Spaziergängern oder spazierengehenden Dichtern dient, sich zwanglos und spontan zu treffen, verwandten Wesen zu begegnen, in der Gruppe selbstverfaßte Texte vorzutragen – und sich auf Wunsch auch darüber auszutauschen. Dort kann man/frau jederzeit unangemeldet, kostenlos und ohne weitere Verpflichtung teilnehmen. Wir lesen einander unsere Texte vor, die von Wesen und Poesie des Parks in irgendeiner Weise inspiriert und durchdrungen sind, und geben ihm in diesem Austausch seine Poesie – durch *unser* Wesen künstlerisch reflektiert, geformt und aufbereitet – zurück. Damit er nicht nur seine Gäste beschenkt, sondern die Gäste auch ihn nähren – und in ihm, einander.

»Dionysos Apollo Kreis« ist der Name dieses Forums – in Anspielung auf das Gegenüberstehen eines im Eibengebüsch versteckten Pans am anderen Seeufer und dem Tempel des Apolls am diesseitigen Ufer, wo sich die Gruppe trifft; in Anspielung jedoch auch auf die Erfordernisse der Balance zwischen Struktur und Chaos, Rausch und Lust und wilder Entgrenzung einerseits, Formgebung, Gestaltung und Ordnung andererseits, nicht nur in der Kunst. Und beides hat schließlich auch dieser Park in höchstem Maße: eine unaufdringliche, doch bis ins kleinste durchdachte Ordnung, aber auch die ekstatische Fülle und Rauschhaftigkeit, des Eros', seiner Kraft, von der er durchdrungen ist. Auch wenn jener oft schwer trägt, erblaßt und ergraut, unter der Last der profanen Kühlheit moderner Zeiten.

Wie gut daher, daß nun wenigstens einmal wöchentlich die Dichter(innen) dort zusammenfinden, um ihre poetische Leidenschaft, ihre leidenschaftliche Poesie, in den Park zu atmen wie zum Beispiel Sabine Bergk, die an einem dieser Samstage einfach ihre erotische Trikolore über dem Tempel des Apolls hißte und in einem furiosen Ritt dort eine Bresche schlug in die graue Matrix allgemeinen öden Nichtlebens und leblosen Verödens:

BLEU BLANC ROUGE

LE BLEU

ET LA MER
  ET LA MER
    S'EFFACE

ALS UNS DAS BLAU ÜBER DIE LIPPEN SCHLUG DAS HIMMELSGETÖNTE UND
DIE FELDBLUMEN REIF AN DEN RÄNDERN DEIN AUGE DEIN ATEM DEIN
TRAUBENBACH MIR AN DEN HÄNDEN UND WIR PASSAGIERE DER FRÜH
ATLANTIKGEPRÜFT LEICHTEN FUSSES EROBERT DAS WASSERTROPFENLAND
ALS UNS DAS BLAU ÜBER DIE LIPPEN SCHLUG DIE SAMTSEIDENEN UND EIN
LAUT AUS DEINEN AUGEN KRISTALLKLAR DIE HORIZONTLINIE DIE SPIEGEL
DER MORGENSCHÖNE DER STILLE BLICK ÜBER DIE WEITEN DIE FLÜGEL
LACHEND LACHEND DIR ENTGEGEN ÜBER DIE HORIZONTLINIE
ATEMLUFTKLAR KURS NORDOST ÜBER DIE LIPPEN LACHEND LACHEND
FLUSSFORELLEN HÜPFENDE BACHTAUBEN LIBELLENZERSTÄUBT UND DEIN
ATEM DEIN ATEM ATLANTIK VORAN IN DIE AUFLÖSUNG

Sabine Bergk

LE BLANC

DANS MA CHAMBRE BLANC
  JE TE MANGE

WEISS WOLLEN WIR SEIN IN DEN LAKEN DER FRÜHE DER
HIMMELSSTAUENDEN AUFGEHÖRNTEN VOGELSANGFRÜH GIB MIR DIE HAND
DUNKELSCHÖNER MANN DASS ICH MICH IN DEINEN AUGEN TRÄNKE DEN
WEISSBLÜTENBÄCHEN DEN MEERESBLEICHEN UND IN WEISSES LEINEN
GESTRECKT VOR SEKUNDENSCHLAG GEHT MIR DEIN AUG DU
DUNKELSCHÖNER DEIN WEICHER LAKENBLICK DEINE HANDFORM DIE MICH
STRAHLENGEZEICHNET LICHTERFÜLLT WEIT IN DIE POREN DU
DUNKELSCHÖNER WEIT ÜBER DAS WEISS WEIT IN DEN HORIZONT DER MIR
HEIMAT IST UND TAUBENFLÜGELGLEICH JAGEN WIR GEGEN DIE GISCHT IM
STURZFLUG DER LAKEN DER AUFGESPANNTEN SEGELKÖRPERTÜCHER
FLATTERND IM WIND DEN GEZEITEN VORAUS DEINE HAND MEINE HAND DEIN
GESICHT UND DER DUFT AUF DEINEN AUGEN WEISS WOLLEN WIR SEIN IN DEN
LAKEN DER FRÜH DER HIMMELSSTÄUBENDEN LINNENWUCHSZEIT DIE MIR
TRÄGT DEINEN LEIB ÜBER DIE SCHOLLEN ÜBER VERTROCKNETES MEER UND
DIE EISBÄCHE DER VERGANGENEN SCHLAGSCHATTENGLEICH UND DIE
KÜHLUNG VERLASSENER FORMEN ÜBER DEN EISBLÜTENMEEREN DEINE
HAND MEINE HAND DEIN GESICHT UND DER DUFT AUF DEINEN AUGEN TRAG
MIR DIE TURMSPITZEN FORT AN DEN POL DER TAUBENKÖNIGE DEINE HAUT
MEINE HAUT IN DEN LINNEN DER FRÜH IN DEN AUFGESCHLAGENEN
KÖRPERFALTEN DEN RAFFUNGEN ÜBERSATT AUFGELÖST IN DEN POREN DAS
LACHEN DEINER FUSSBALLEN ZAHNWEISS UND DIE EISBÄCHE DER
VERGANGENEN DER HIMMELSSTÄUBENDEN GEHT MIR DEIN AUG DU
DUNKELSCHÖNER IM STURZFLUG GEGEN DAS LICHT DAS UNS BLINDET

Sabine Bergk

LE ROUGE

JE VAIS VOUS PARLER
DU ROUGE

JE VAIS VOUS PARLER
   DE MON TEMPS
      AVANT LA MORT

GIB MIR EIN WORT WIR HABEN DIE ROTEN MEERE DURCHKREUZT DIE
WIDERSTANDSTOLLEN DIE BRANDHERDE TOTENFUGEN DIE GLÜHENDEN
TAGUNDNACHTGLEICHEN GIB MIR EIN WORT UND DEIN SCHWEIGEN DIE
ABFAHRT DAS WORT DAS DIR LETZTES WAR UND DER ABSCHIED AUF DEN
ABEND GIB MIR EIN WORT DEIN KIRSCHENMUND DEIN SATTES GESCHLECHT
UND DAS BLUT IN DEN LENDEN DEN GEMÄUERN DES SPÄTNACHMITTAGS
GEWITTERSTURMTAUB UND DIE SCHREIE DER SCHWALBEN DEIN BISS DEIN
GEHÖRNTER BRANDHERDE MEERBÄUME TOTENFUGEN DER TISCH UNSER
SCHLACHTPLATZ ZUNGENSÜSS HANDWACHSGENÄHRT GIB MIR EIN WORT
UND DEIN SCHWEIGEN DIE ABFAHRT DIE ROTEN FAHNEN IM WIND DEINER
STIMME UND DER SCHWEISS IN DEN GEMÄUERN LENDENBLUTSCHWER
UNSER LAND DAS NICHT HIMMEL MEHR TRÄGT DAS SICH AUSZEHRT AN DEN
KALENDERN DEN VERSPRECHEN DEN DIKTATUREN DER FRÜH DEN
EINKAUFSFRAUEN WERBEAGENTUREN ABRECHNUNGEN VERFILZUNGEN DEN
LEBENSADERN VERWORREN NICHT DICH GELIEBTER DER DU DAS
MONDFEUER MISSACHTEST IN DEN RECHNUNGEN DEN BANDEN DEN
AUFHÄUFUNGEN DER WORTE DER VERSPRECHEN GIB MIR EIN WORT UND
DEIN SCHWEIGEN DAS MIR ERSTARRT IN DEN GÄNGEN VERLOREN VERLOREN
VERLASSEN UND ACHTET DAS MONDFEUER NICHT UND DIE SCHREIE DER
SCHWALBEN TOTENWACHSSCHWER DAS GEMÄUER DAS MIR ROT UND ICH
SCHNEIDE MIR AB ALLEN MUND DASS KEIN WORT UND KEIN ZUNGEN KEIN
LIPPENSCHLAG MEHR DIR ENTGEGEN KANN GIB MIR EIN WORT

Sabine Bergk

da lag ich so auf den Stufen,
da schnitt das Dach einen Bogen
in die schnell ziehenden Wolken

und mein steinernes Bett
hob sich vom Grund ab,
und wir flogen schneller als diese.

Susanne Bummel Vohland

Dionysos tanzt Tango mit Apoll –

das Offene Poesie-Forum des *Nymphenspiegels*

Dieses bereits erwähnte Angebot des offenen Forums, das sich von Mal zu Mal anders gestaltet und gelegentlich auch die Züge einer Schreibwerkstatt erkennen läßt, mit gegenseitiger – und fruchtbarer – Anregung der Teilnehmer untereinander, gilt ganzjährig, bei jedem Wetter – AM APOLLOTEMPEL IM NYMPHENBURGER SCHLOSSPARK (GROSSER SEE), denn vor Regen oder Schnee gewährt seine Kuppel Schutz: JEDEN SAMSTAG VON 11 BIS CIRCA 12.30 UHR. Und da der Mensch nicht nur vom Wort alleine lebt, freuen wir uns auch über allerlei Mitbringsel wie Wein und Schokolade oder andere aufregende Dinge.

Die poetischen Zeilen über dem *Dach* dieser Ankündigung sind von eben diesem Forum und der in diesem Rahmen stattfindenden Poesiegruppe inspiriert. Sie stammen von einer Autorin, die sich selbst sehr für diese Gruppe einsetzt und entscheidend dazu beitrug, sie mit Leben zu erfüllen, durch ihre Teilnahme, nicht zuletzt aber auch dadurch, indem sie immer wieder interessante Künstler(innen) dorthin mitbrachte, die im Tempel am Ufer des großen Sees die Fackel der Leidenschaft entzündeten und die Flamme ihres Geistes über seine Wasser leuchten ließen.

Im übrigen sind auch jederzeit Gäste willkommen, die selbst keine Texte mitbringen, sofern sie bereit sind, in ihrer persönlichen Weise an diesem schöpferischen Austausch teilzunehmen.

Kommen Sie samstags zum Forum, lernen Sie neue Menschen kennen und lassen Sie sich auf die Unvorhersehbarkeit dieses nicht nur künstlerischen Abenteuers ein!

Von einem Autor, der sich einmal als einziger Gast dort einfand, auf den Stufen des Apolls – auch das kann geschehen – stammen die folgenden Zeilen:

Sieben Blicke
(Eine Stunde am Apollotempel im Nymphenburger Park)

1 (11.08 Uhr)

Wartende Dichter.
Doch der See: so gelassen.
Glitzerndes Lächeln

2 (11.13 Uhr)

Ein paar Japaner.
Ob sie Haiku schreiben? Sie
photographieren.

3 (11.22 Uhr)

Licht in den Wolken.
Als die Japaner gehen,
nickt die Frau mir zu.

4 (11.29 Uhr)

Mein Blick folgt Vögeln.
Auf dem Wasser malt der Wind
Kalligraphien

5 (11.54 Uhr)

Ob noch ein Wort kommt?
Doch kein Ohr, das es teilte.
So bleibt es stehen.

6 (12.00 Uhr)

Fern gehen Menschen.
Bleiben stehen am Ufer,
längstens
zwei Minuten lang.
Den See
störte es nicht

Wolfgang Uhlig

Und auch mir widerfuhr das manchmal, daß ich der einzige Teilnehmer dieser Gruppe war; doch ist dieser Platz allemal ein Verweilen wert, den Blick schweifen zu lassen, nach drei Seiten hin über den See, auf die beiden Inseln dort, hinüber zur Badenburg am anderen Ufer – doch vor allem über den vielen Himmel, den weiten:

Föhnsturm über Nymphenburg

Wie jagst du das Licht
über Wellen
in funkelnden Schauern,
streichelst zärtlich der Erde
die uralte Haut;
spielst sanft mal, dann wild,
in unseren Haaren
und lenkst dann die Blicke
zum Himmel empor,
den fliehenden Wolken hinterher,
die du weiter und weiter –
und fort – mit dir treibst,
wie ein Hund eine Herde.

Oh Wind, der du tanzt,
der du tanzt auf den Wellen,
der du tanzt mit dem Licht –
tanz *uns,* mit dir!

Ralf Sartori

Der sprechende See am Apollo

Dein Schlecken und Schlagen,
das Schmatzen und Schmiegen
im vielfachen Kanon
der zahllosen Münder,
am Ufer, von klatschenden Wellen
des sprechenden Wassers,
rund um den See,
begleitet die Schritte,
sich nähernd, entfernend
und bleibend in einem,
und dabei nie gleich.

Wie sehr hör ich Dich,
Wasser!
Von überall her.

Ralf Sartori

Sommer – und mit ihm erwacht das Wunderbare.
Ein Himmel, wie Monet ihn einst malte,
ein waches Träumen, ein seidiges Flirren.
Dort am See verführt der schmetterlingsgleiche Hauch,
streicht eine zarte Hand über ein einsam dahintreibendes Blatt.
Und eine andere berührt in seligem Staunen,
was ein lächelnder Gott sich erdacht.

Ina May

Die Herbstin

Die Erde, als ich sie betrat, schien heiß durchliebt zu sein. Ich setzte meinen Fuß in Feld und Rain und glich den hellen Feuern mehr als jedem abendlichen Grau. Auch wenn, ich spür' es wohl, in meinem warmen Blut ein kühler Quell entspringt, singt doch die milde Luft noch sanft in meinen Zweigen.

Die Tage aber werden schmaler Stück um Stück. Wie gerne ginge ich zurück zu dem, der vor mir war, statt immer nur voran, wo fern am Horizont so schreckensbleich der nächste steht. Noch nicht, ruf' ich ihm zu, und drehe mich im Kreis, noch will ich bleiben und ein wenig trunken sein, um zu vergessen, daß ich Abschied nehmen muß.

Mein Kuß schmeckt voll und süß. Ich lege ihn ganz fest in einen weichen Boden. Da greift der Wind, der sich ganz plötzlich Sturmwind nennt, mir grob ins ächzende Geäst und reißt die bunten Blätter fort, die dort vereinzelt hingen. Ein leeres Vogelheim bricht aus der Gabelung. Die Erde schaudert und verschließt sich mir.

So werde ich zum Greis, zur Greisin gar. Die nicht mehr Frau und nicht mehr fruchtbar war, gibt Kraft und Zepter einem neuen König hin. Der liebt sie nun aus seinem kalten Herzen und küßt nur weiße Blumen in ihr Haar, bis sich vielleicht, im nächsten Jahr, an einem jungen Horizont mein grünbeflaumter Bruder zeigt. Den hält sie schützend schon in ihrem Arm.

Angelika Genkin

Winterstille

Aus den Wolken rieselt Schnee,
hüllt die Welt in weißes Schweigen.
Äste schwer sich niederneigen,
zugefroren ruht der See.

Weit und winterlich das Land,
wenn ich still an deiner Seite
durch verwehte Felder schreite,
deinem Lächeln zugewandt.

Noch bist du ganz nah bei mir.
Schneekristalle weicher Flocken
fangen sich in deinen Locken,
schmelzen auf den Lippen dir.

Grauer Himmel, groß und stumm,
kahler Bäume Scherenschnitte.
Leise knirschen unsre Schritte,
und wir drehen uns nicht um.

Du und ich, wir wandern weit,
suchen Wege ohne Ziele,
sinken in die Winterstille,
finden Räume ohne Zeit.

Einmal laß ich dich zurück.
Dann werd' ich alleine gehen.
Spuren hinter mir verwehen,
bald verloren deinem Blick.

Gisela Wimmer

in die Tiefe meiner Augen tauchend
    ertrinken deine Blicke
in den Schleiern meiner Sehnsucht

       mich eingeschmiegt um Dich
          eingearmt Dein Blick in mir
            schon zu verblickt
        um gleichgültig zu verscheinen
versponnen umschweben sich meine Gedanken
            fühle mich erliebt

Silke-Ulrike Rethmeier

So anschmiegsam
verführerisch lockend
mein Inneres einnehmend
sich ausbreitend versenken
So ahnungslos unberührt
die Nähe der Tiefe
So unerschlossen aufrichtig
die Weite der Enge
So verwundet unverwundbar
vergessenes nicht geliebtes Leben streifend
So gierig mich verströmend verschließen
und um gelebte Liebe wissen
Aufsteigen aus dem Nebel des Mich-Wagen-Wollens
und zu ahnen es war ein Beginn
Mich verlierend im Spiegel des Windes
im Sturm meiner mit sich spielenden Gefühle
wandele ich

im Park meiner Einsamkeit

Silke-Ulrike Rethmeier

du hast
    abstand genommen
        den du
            anfangs
                mit nach-druck
                    ver-ringern wolltest

und jetzt

            stehe ich da
        mit
          dem ab-stand
        den ich
      anfangs
    mit nach-druck
erhalten wollte

Silke-Ulrike Rethmeier

Begegnungen
vor und hinter der Schloßmauer

Es regnet:
»Ein Mann kommt ...«,
warnt die schwarzafrikanische Radlerin
ihre weiße Schwester,
die müssenderweise
sich grad niederlassen wollte hinterm Busch.
Buntfarbene Riesenpilze
schwanken im Sommerregen,
von Zweibeinmaschinen gehalten,
umwedelt von Hunden
und mit Kinderwagen als Vorhut.
An den Joggerinnen
rinnt der Regen
in Haar und Gesicht,
klebt das Hemd,
modelliert junge Brüste ...
Ein Michelangelo, ein Phidias, ein Rodin,
ach, ein Künstler müßte man sein!
Eine Maus huscht über den Weg,
akkurat dort, wo – ziemlich niedrig –
ein weißes Schild mahnt:
Achtung, Schloßparkbesucher,
du kommst vom rechten Weg ab,
verunsicherst uns Tiere,
verdichtest den Boden,
denk an die Enkel, kehr zurück auf den Weg!
Draußen vor der Mauer
immer noch Regen,
ein junger Radfahrer
mit einer Geige im Rucksack,
mit einer Geige,
vielleicht mit seiner Zukunft – im Rucksack.

Fritz Plesch

Göttlicher JahresverLauf

Hell strahlt das Schloß im Frühlingslicht,
wie prächtig blühen die Rabatten.
Und kann es sein, daß Schwan und Gans
noch nie so viele Kinder hatten?

Hallo ihr Götter! Ausgepackt,
befreit von Holz und Enge,
begrüßt ihr voller Wohlgemut
die hehre Vogelmenge.

Das ist ein Gähnen, Schütteln, Raunen,
so öde war die Zeit.
Jetzt heißt es Tageslicht bestaunen
nach langer Dunkelheit.

Die Sonne leuchtet durch den Park,
schenkt selbst den Steinen Leben.
Wer weiß, wer sich beim Tanze dreht,
wenn sie am Abend untergeht?

Ich lauf so leicht,
als könnt ich schweben.
In Herz und Beinen
Frühling eben!

***

Der Schloßpark brennt,
die Luft ist schwer, der Sommer führt Regie!
Selbst schuld, wer heut zu lange rennt,
ich kämpfe wie noch nie.

(die Götter schmollen in der Glut,
die Hitze fordert den Tribut).

Heut zeigt sich nicht einmal ein Reh,
kaum hör ich Vogellieder.
Der Feuerball erlischt im See.
Gleich morgen glüht er wieder!

***

Im Morgendunst erahne ich,
wo stolz das Schloß einst stand.
Der Herbst hüllt meine Götter ein
in nebliges Gewand.

Kurz vor der langen Wintersruh'
schickt ihr mir letzte Grüße.
Das Jahr neigt sich dem Ende zu
und ich krieg kalte Füße!

Die Bäume seh'n mich ratlos an,
ihr Laub weht heimatlos.
Wie schnell das Blatt sich wenden kann –
wo blieb der Sommer bloß?

***

Der Winter hat das Regiment,
verwegen wirbeln Flocken.
Er packt den Park in Watte ein,
die Luft schmeckt kalt und trocken.

Der Schnee malt Märchenbilder auf
und Eis beschützt den See.
Fast frier ich ein bei meinem Lauf.
Zuhaus gibt's heißen Tee!

Ihr Götter seid nun holzbedeckt,
kein Frost darf an euch nagen!
Auf daß euch bald die Sonne weckt
zu lauen Frühlingstagen.

Claudia Röhrecke

Prosa und Geschichte

Die Eule im Park aus zwei Blickwinkeln

Beobachtungen aus der Anfangszeit

Im Park steht eine prachtvolle alte Linde, in der hoch über der Erde, etwas verdeckt von einem Ast in einer Baumhöhle, eine Eule thront. Sie sitzt zumeist dort, wie es scheint, in tiefer Kontemplation, in sich ruhend, ohne der Leute tief unten zu ihren Füßen zu achten, unter denen sich nicht selten auch einige Photographen befinden. Es ginge wohl zu weit, würde man sagen, daß es sich hierbei um die Vorzeige-Eule des Parks handelt. Doch läßt sich zumindest nicht leugnen, daß sie bereits eine gewisse Prominenz erreicht hat. Ich muß gestehen, daß auch ich zuweilen unten bei der kleinen Brücke stehen bleibe, um zu ihr hochzusehen und an ihrer Schönheit und Ruhe teilzuhaben. Und manchmal würdigt sie mich sogar eines kurzen Blickes, bevor sie ihre Pupillen wieder wegdreht, um diesen weiter einer uns unbestimmbaren Ferne zuzuwenden, die diesem so sympathischen Tier viel näher sein scheint, als das Nahe, sie Umgebende. Einmal ließ sie sogar eine ihrer unendlich weichen und filigranen Brustfedern direkt auf mich hinabschweben, die es in ihrer Zartheit ohne weiteres mit der eines Schneekristalls aufnehmen können. Ich dankte ihr mit dem Blick und trug dieses Zeichen der Huldigung noch lange bei mir.

Die Bel Étage hat ihren Preis

Denkt man im Zusammenhang mit dem Thema Eulen nicht immer zuerst an die meditative Gelassenheit, die diese Wesen auszustrahlen scheinen? Vermutlich schreibt man ihnen aufgrund dieses Eindrucks schon seit frühester Zeit die Eigenschaft einer längst sprichwörtlich gewordenen Weisheit zu.

Mit ihrem vermeintlich, oder tatsächlich – wer weiß das schon – in der Tiefe mystischer Weiten ruhenden Schauen, das im Angelpunkt ihrer gelbgrünen katzenartigen Augen meisterlich die Balance zu halten scheint zwischen der Unendlichkeit in ihnen und jener in der Außenwelt, auf deren Achse ihr ruhiger Blick

stets nach beiden Seiten gleichermaßen zu schwimmen scheint, gelten sie uns doch allen als Urbilder für ein völlig ausgewogenes und zentriertes Wesen.

Dennoch kehrte jene Eule, von der hier die Rede sein wird, eines Tages nicht mehr zurück von einem ihrer nächtlichen Flüge. Dabei hatte sie mittlerweile so eine Art VIP-Status im Schloßpark erlangt, was wohl darauf zurückzuführen ist, daß sie wirklich an exponiertester Stelle ihren Siesta-Balkon bezogen hatte, nämlich in einem hochgelegenen Astloch einer der ältesten hohlen Linden, direkt an jener malerischen Brücke bei der Badenburg mit atemberaubenden Blick über den See, auf seine wechselnden Himmel mit ihren Lichterspielen und in Richtung des Sonnenuntergangs. Eine wahre Ästhetin muß sie gewesen zu sein – wer mag ihr also diese Wahl verdenken?

Doch so war es schließlich nur noch eine Frage der Zeit, bis man sie bemerken mußte. Zu Anfang kursierte der Hinweis auf ihre Anwesenheit noch als Geheimtip, aber bald schon versammelten sich die ersten Grüppchen vor ihrem Haus, die sich mit der Zeit dort immer öfter bildeten. Um es deutlich zu sagen: Man starrte sie buchstäblich an, deutete ein ums andere Mal mit dem Finger auf sie, um ihr Versteck auch noch jenen Ahnungslosen zu enthüllen, die bisher einfach an ihrem Baum vorbeigeschlendert waren. So konnte Mann sich vor jederfrau – oder auch im umgekehrten Geschlechterverhältnis – als Schloßpark-Insider und versierter Bescheidwisser profilieren. Nach und nach bezogen zunehmend Photographen dicht bei ihr Stellung, mit riesigen Teleobjektiven, die mit der Zeit immer länger zu werden schienen, ganz, als wollte man bei ihr eine Irisdiagnose vornehmen und, ohne sie zu fragen, auch noch ihr Innenleben ausleuchten. Dazu kam, daß andauernd vor ihren feinen Ohren auch noch über sie in der dritten Person gesprochen wurde, als würde man ihre hochpräsente Anwesenheit gar nicht wirklich anerkennen. Eine *Bel Étage* hat eben immer ihren Preis.

Es könnte sein, die Eule war des ganzen Zirkus' um sie, als wäre sie ein Wundertier auf dem Jahrmarkt, irgendwann so überdrüssig geworden, daß sie schließlich – sicher schweren Herzens – ihre Luxuswohnung räumte, um dafür vermutlich eine versteckte Klause im dichten Wald zu beziehen.

Zumindest blieb die Höhle in dem alten Lindenstamm monatelang leer. Und das konnte für diesen Baum gefährlich werden, da schon ganz ähnliche Exemplare seiner Art, die sich ebenso nahe an Wegen befanden, bereits gefällt worden waren, wegen der sogenannten »Wegesicherungspflicht«, wie das im Undeutsch des Gartenbeamtentums heißt. Plötzlich aber schien die Eule wieder zurückgekehrt zu sein in ihren Baum, zum Jubel ihrer vielen Anhänger. Doch wer genau hinsah, bemerkte, daß es nicht die selbe Eule sein konnte. Ihre Nachfolgerin hatte aber offenbar den Schnabel viel schneller voll von dem Wirbel vor ihrem Fenster und verschwand schon bald darauf wieder.

Was aber war aus der ersten Eule geworden, die dort über viele Jahre gelebt hatte? War sie an Altersschwäche verstorben – oder gar an der Vogelgrippe? Es wurde allerseits ausgiebig darüber spekuliert, doch wir wissen es nicht.

Und was in aller Welt hat nun diese Ente dort zu suchen? Fragen über Fragen, die sich die Besucher des Eulenbaumes wohl stellen.

Es läßt sich gewiß nicht ausschließen, daß die erste Eule unter den schwierigen Umständen ihres Daseins so gänzlich die Gabe meditativer Gelassenheit verloren hatte und angesichts eines solchen Scheiterns aus Gram verstorben – und als einer dieser hektisch im Paarungsspiel hin und her kreuzenden Park-Erpel reinkarniert ist?

Möglicherweise handelt es sich hier aber auch tatsächlich um eine richtige Ente, die ganz einfach wenigstens nur einmal in ihrem Leben auf dem Präsidenten-Balkon stehen wollte, um sich ganz in dem Gefühl zu sonnen, ein wahrer Star zu sein.

Ralf Sartori

Monopteros-Monolog: Über das Spazierengehen

Der Monopteros lädt nicht nur besonders zur Muße ein, weil er mit einem der reizvollsten Durchblicke des Nymphenburger Parks, über den baumumkränzten See auf die exquisite Badenburg, fesselt. Er kann als Denkmal, das schließlich zum Gedenken auffordert, noch besonderen Anstoß geben zu gewissem »Durchblicken-Wollen«. Zum Beispiel – warum nicht, in einem Park, der schließlich dazu da ist – mit einigen, wenn auch nur aphoristisch-unvollständigen, Überlegungen zum Thema Spazierengehen.

Schließlich hat König Ludwig I. 1865 mit seiner Inschrift an diesem neugebauten Tempel angeregt, hier die Gestalter des Parks zu würdigen: Kurfürst Max Emanuel, der aus dem zierlichen Renaissancegarten seiner Mutter Adelaide einen der prunkvollsten Barockgärten Europas im französischen Stil à la Versailles schuf. Und den Umgestalter König Max I. Joseph, Ludwigs Vater, der den Park durch Sckell im englischen, natur- und »bürgernäheren« Stil umformen und zu einer vollendeten Synthese führen ließ. Eine königlichbayerische Würdigung des steten Wandels also hier am Monopteros, wobei der ja seinerseits auch ein Verwandelter ist: denn Sckell hatte im ersten Anlauf gut über fünfzig Jahre zuvor ursprünglich an dieser Stelle für Apollo einen Tempel in Holz errichtet. (Weshalb es auf dem amtlichen Wegweisungsschild in Weißblau derzeit volksnah-lapidar »Zum Apollo« heißt. Wenn das nicht eine Extra-Aufforderung an alle musisch Werktätigen ist, sich dort inspirieren zu lassen!) Stete Veränderungen also, sowohl was die Historie des Parks betrifft wie selbstverständlich auch dieses Thema – den Wandel des Wandelns.

Man könnte, wie es Tradition ist, versuchen, eingangs bis mindestens auf die alten Griechen zurückzugehen, wo Aristoteles in der Wandelhalle auf und ab schreitend seine Schüler Philosophie lehrte. Denn offenbar ist die Erkenntnis, daß die körperliche Bewegung den Geist fördert, sehr alt. Wenn man aber das Wandeln zu Lehr- und Lernzwecken der mit Grund als Peripatetiker bezeichneten Weisen nur als Spezialfall und »Vor-Läufer« behandelt, dann hat man den eigentlichen Ursprung des Spazierengehens im »Lustwandeln« in Parks und Gärten der Barockzeit zu suchen.

Natürlich brauchte man Zeit für die Lust. Wer sich im harten Broterwerb körperlich verausgaben mußte, hatte weder Zeit noch Lust spazierenzugehen. Aber die Aristokraten und Hocharistokraten hatten davon meist übergenug, sie suchten »Zeit-Vertreib« aller Art. Zumindest, wenn nicht gerade Kriegszüge anstanden.

Luxuriös, sinn- und trickreich waren die barocken Schloßparks, Nymphenburg voran, ausgestattet, um sich mit Lust zu ergehen: prächtige Alleen, den vornehm-blaßen Teint der Damen beschattend, die Kieswege breit genug, um die Roben und Reifröcke wirkungsvoll ausschwingen zu lassen. Bunte Blumenrabatten wie gestickte Teppiche. Verschwiegene Boskette, Laubengänge, Heckenlabyrinthe, die heimliche Absonderung von der Gesellschaft und neckische Versteckspiele erlauben. Ein breiter Fächer lockender Ziele im Park: Bahnen und Vorrichtungen für Kegel- und Ballspiele, für Paß- und Mailspiel, Rasenterrassen für die Zuschauer von Turnieren, Musik- und Theateraufführungen im Freien. Vor allem die Extra-Lustschlößchen, der asiatisch angehauchte Tee- und Café-Pavillon Pagodenburg, die Badenburg mit »türkischem« Bassin, die Amalienburg mit dem europaweit extravagantesten Jägerhochstand für Fasanenabschuß auf dem Dach: sie verführten zu amüsanten Expeditionen vom Hauptlustschloß aus.

Freilich war das Spazierengehen nur eine Variante der erlauchten »Erlustierung«. Aufs Pferd zu steigen, in Kutschen oder Jagdwägelchen zu fahren, auf den Wasserwegen des Parks in venezianischen Gondeln zu gleiten, das kam selbstverständlich hinzu.

Sicher, in dieser Epoche begründete man die »sportlichen« Aktivitäten des Adels guten Gewissens mit dem Motiv der notwendigen »Repräsentation« des Staates. Sogar als sozusagen medizinisch notwendig rechtfertigte man den ungeheuren Luxus, für den die Untertanen bis zur eigenen tiefsten Verelendung aufzukommen hatten, denn »je schwerer die Regiments-Last, die großen Herren bey Beherrschung ihrer Länder auf dem Halse lieget, je mehr Erquickung und Ergötzlichkeit haben sie vonnöten.«

Immerhin muß es auch zu dieser Zeit schon Spaziergänger und Spaziergängerinnen mit dem Motiv der puren Freude am Gehen und dem Naturgenuß gegeben haben. Die französische Adlige Marie de Sevigné jedenfalls gesteht in einem Brief vom 4. Oktober 1684: »Ich gehe viel spazieren, einmal einfach, weil strahlendes Wetter ist, dann auch, weil ich schon die kommenden Herbststürme voraussahne. So nütze ich wie ein Geizhals aus, was mir Gott schenkt.« Für manche der blaublütigen Nymphenburger(innen) hat das sicher auch gegolten.

Wenn man einige Zeit-Schritte weiter spaziert, sind es bereits auch andere

»Promis«, die am Montagnachmittag, dem 14. Juni 1763, im Nymphenburger Park promenieren. Bürgerliche, Künstler: Familie Mozart, die Eltern und der siebenjährige Wunderknabe Wolfgang mit Schwester Nannerl. Sie besuchen die Lustschlößchen und die Magdalenenklause, sie umrunden das Schloß, verweilen immer wieder vorgeblich »absichtslos« vor den Fenstern. Mit Grund.

Vater Leopolds erste große Konzerttournee mit seinen jungen Virtuosen ins »Ausland«, mit erster Station in München, sollte ein Geschäftserfolg werden. Auf den bayerischen Kurfürsten Maximilian III. Josef, den begeisterten Musikfreund, der selbst Viola da Gamba spielt, setzt er diesbezüglich hohe Erwartungen. Wie aber möglichst rasch vorgelassen werden? Jeder Tag kostet eine saftige Hotelrechnung. Die Taktik geht auf. Einer der Prinzen erkennt schließlich die flanierenden Mozarts und sie werden prompt zum abendlichen Konzert vor den Kurfürsten »befohlen«, wo die Kinder glänzend reüssieren.

Einen zweckfreien, genußvollen Spaziergang muß man sich leisten können. Wer als nichtadliger Künstler ganz von der Gunst weltlicher oder geistlicher Fürsten abhing, in deren Händen damals der Kunstbetrieb überwiegend lag, mußte statt »Müßiggang« weit eher einen taktischen Geschäftsgang antreten, hinter dem wirtschaftliche Notwendigkeit und Karrierekalkül standen. Leopold Mozart ebenso wie später sein großer Sohn Wolfgang und viele, eigentlich alle ihre Kollegen.

Und wieder ein kleiner Zeit-Sprung vorwärts auf dem vielverzweigten Geschichtspfad, ins Jahr 1801. Johann Gottfried Seume reist mehrere Monate lang durch weite Teile Europas, nach Sizilien, mit dem südlichsten Punkt Syrakus, nach Rußland, Finnland und Schweden – zu Fuß. 1803 gibt er sein Buch »Spaziergang nach Syracus« heraus, berühmt geworden als erster kritischer, kulturhistorischer Reisebericht, dessen Ziel es ist, die sozialen, ökonomischen und politischen Verhältnisse der Länder möglichst unverfälscht zu schildern.

Zu Fuß ging Seume – in südlicher Hitze zeitweise bestenfalls auf Esels Rücken reitend – einmal aus materieller Not und asketischer Haltung, vor allem aber, weil ihm diese langsamste der Fortbewegungsarten die genaueste Beobachtung erlaubte. Schließlich wollte er keinen Reiseroman mit Gesellschaftsutopie verfassen, ein bis dahin sehr beliebtes Genre, sondern einen »ehrlichen Beitrag zur Charakteristik unserer Periode«.

Aufklärung, Französische Revolution, erwachende Nationalstaatsideen begannen nach und nach die Ständegesellschaft und die sie krönenden Throne ins Wanken zu bringen – ein langer, schmerzhafter Prozeß. Seume analysierte in seinem vergleichenden Bericht seine »Periode« auf Grund eigener, leidvoller Lebenserfahrungen. Er war 1781 mit damals üblichen Wegelagerermethoden in die Armee gezwungen, von seinem Landgrafen nach England als Söldner im Krieg gegen Amerikas Unabhängigkeitsstreben verkauft, später dem Preußenkönig Friedrich II. »rücküberstellt« und nach mehreren Fluchtversuchen nur gnadenhalber zu Kerkerstrafe statt Spießrutenlaufen verurteilt worden. Sein »Spaziergang« quer durch Europa, als nun freier Wanderer, mit dem Ziel, ein objektiver Auslandskorrespondent, wie man heute sagen würde, zu sein, dokumentiert gesellschaftliche Mißstände und Übergriffe vieler Fürsten, geleitet vom leidenschaftlichen Wunsch nach der Durchsetzung der neuen Ideen von Gleichheit, Gerechtigkeit und Freiheit.

Wenn man ab hier viele weitere Entwicklungsschritte des Themas übergeht, wie zum Beispiel die unbedingte, zweckfreie Öffnung gegenüber der Natur in Goethes Gedicht »Im Vorübergehen«: »Ich ging im Felde/So für mich hin,/Und nichts zu suchen,/Das war mein Sinn …« oder auch die durchaus ambivalente Eichendorffsche Wanderseligkeit der Romantik überspringt, wenn man sozusagen mit Abkürzern querfeldein über Gräben und Hecken ans Wanderziel, die Gegenwart, spurtet – weil nämlich die Muße am Monopteros nicht ewig dauern kann – dann drängt doch noch unbedingt ein Bild vor das innere Auge.

Das Bild »Der Sonntagsspaziergang«, 1841 von Carl Spitzweg gemalt. Die Darstellung eines Familienausflugs durch wogende Kornfelder nahe einem kleinen Landstädtchen wie Dachau, ist in ihrer vollendeten Ironie allzu suggestiv und berühmt. Als das ehemals adlige Lustwandeln bei den erstarkten Bürgerschichten ebenfalls Errungenschaft und Mode wurde, bekam es naturgemäß neue Facetten. Mancher durch Familienexkursionen frühkindlich Geschädigte würde sogar von »Schattenseiten« sprechen. Spitzweg spießte etliche auf:

An der Spitze voran das Familienoberhaupt mit Wohlstandsbauch, die vielschichtige Kleidung – der Hitze wegen gelockert. Den steifen Hut balanciert er auf dem erhobenen Spazierstock, um die ungewohnte Sonnenblendung abzuwehren und schleift die winzige Jüngste nach sich. Die Köpfe von Mutter und Töchtern verschwinden – bis auf die überlange Nasenspitze des offenbar xanthippischen, dürren Eheweibes – ganz in den biedermeierlichen Schutenhüten: Scheuklappen der selbstbezogenen Spießer, die keine Sicht auf die sie umgebenden Schönheiten der Natur haben können und wollen. Die Flora wird ignoriert. An der Fauna vergreift sich bereits der kleine Sohn: Er jagt Schmetterlinge mit dem Netz. Die pure Unnatur.

Der sonntägliche Spaziergang nach dem üppigen Festtagsmenü wurde üblich und allgemein, als es endlich durch wirtschaftliche und soziale Fortschritte allgemeiner wurde, auch etwas Üppiges zu verdauen zu haben – natürlich noch weit entfernt von landesweiten Freßwellen und faßartigen Bevölkerungsanteilen. Und erst recht wurde das Spazierengehen umso gängiger, je allgemeiner sich ein Gesundheitsbewußtsein entwickelte, das Bewegung als Wert an sich sah. Damit wurden auch mehr oder minder mondäne Kurorte und -bäder zur verbreiteten Mode – und ihr Mittelpunkt waren die möglichst repräsentativen, luftigen Wandelhallen.

Wandelhallen, wie bei den alten Griechen, den Peripatetikern. Damit kann sich der Kreis und muß der Monolog am Monopteros schließen. Die Mußestunde und Wegrast ist endgültig um. Die letzten Nordic Walker und Jogger, die Hochleistungssportler unter den Spaziergängern, verschwinden in der Dämmerung parkauswärts.

Zeit, zu gehen.

Ute Seebauer

Das Schloß

Als ich mich umdrehte, war das Schloß immer noch da. Das wunderte mich nicht besonders, denn das Schloß war mir schon seit Tagen gefolgt.

Als Münchnerin philosophiere ich am liebsten im Nymphenburger Schloßpark. Ich gerate dann in eine Trance der Nachdenklichkeit, während sich meine Schritte und meine Gedanken gemeinsam entwickeln.

Das Regenwetterlicht machte mich melancholisch und verlieh der Atmosphäre etwas von Größe und stiller Gewalt. Ich erinnere mich noch, wie das Schloß zu leuchten begann, als ich gerade über das Denken nachdachte. Meine mailändischen Stiefel (in Wirklichkeit wurden sie in Thailand hergestellt) begannen zu drücken, und ich erkannte die Notwendigkeit zu verreisen. In der Tram sah ich diesen Umstand noch deutlicher und als ich an den Gärtnerplatz gelangte, hatte ich einen Plan: Paris.

Pläneschmieden nimmt meine ganze Aufmerksamkeit in Anspruch und so muß mir entgangen sein, daß mich das Schloß verfolgte wie ein hungriges Tier – vielleicht aus Reiselust, ich weiß es nicht. Immer wenn ich mich umdrehte, stand es da und tat so, als hätte es immer dort gestanden.

In Paris versuchte ich, mit dem Schloß Kontakt aufzunehmen, doch es schwieg beharrlich. Ich fragte es, ob es sich vielleicht den Spaß erlaube, mich in den Wahnsinn zu treiben, doch das Schloß stand still und fest, mit Regengewalt. Denn das Wetter verfolgte mich gleichfalls. »Sei's drum«, dachte ich, »es wird schon aufgeben, früher oder später.« Manchmal versteckte sich das Schloß, um wieder aufzutauchen, dann mußte ich fast lächeln und sagte zu mir: »Gut, dann habe ich eben ein Schloß. Zwar nicht auf die Art, wie ich es gerne hätte, aber immerhin, besser ein folgsames Schloß, in dem es sich nicht wohnen läßt, als keins.«

Ich hatte noch genug Geld, aber ich wollte nicht in Paris bleiben. Ich hoffte, daß das Schloß nicht noch zutraulicher würde, denn sonst könnte ich keine Räume mehr betreten, weil es jedes Café und jede Wohnung mit seiner Gegenwart sprengen würde. Da ich an Cafés dachte, fiel mir Wien ein, wo ich auch gleich meine Schwester besuchen könnte. Also ging ich nach Wien.

Mit einer gewissen Enttäuschung bemerkte ich, daß ich meine Schwester nicht eben in Freude versetzte, als ich – Koffer in der Hand – vor ihrer geöffneten Türe stand. Sie begann fast sofort, mir etwas über Streß und Krankheit zu erzählen, über einen Streit mit F. und über eine Depression infolge von zu vielen Kunstfilmen. Welche Art von Kunstfilmen, wollte ich wissen, als ich mich behaglich-unbehaglich bei ihr umsah.

Wenn ich zu meiner Schwester eile, vergesse ich manchmal, daß unsere Gemeinsamkeiten unserer Beziehung abträglich sein können. Wenn sie mich mißgelaunt auf einen Kaffee einlädt und dabei eine gewisse Reizung in der Stimme bemerkbar wird, werde ich sofort meinerseits heikel.

»Ich bin nur auf der Durchreise«, versuchte ich, sie zu beschwichtigen, andererseits wollte ich sehen, wie sie hierauf reagieren würde. Sie sagte sofort: »Nein, du mußt hierbleiben, wir sehen uns ein wenig die Stadt an. Ich muß dir so viel erzählen!«

»Fahren wir nach Sankt Petersburg«, antwortete ich inspiriert von ihrer Zuneigungserklärung. »Dort werden wir uns alles sagen!«

Sarah war etwas überrumpelt, fand die Idee aber nicht schlecht, denn die Kunstfilme, die sie gesehen hatte, waren sämtlich von Tarkowski. Da ich von ihr ein glattes »Nein« erwartet hatte, wurde ich durch ihr Zögern motiviert. Ich sprach davon, daß man nie weiß, wann man stirbt, dass wir einander, wie sie ja selbst zugegeben hatte, viel zu sagen hatten und daß eine Luftveränderung ihr nur gut tun konnte, angesichts der prosaischen Widrigkeiten ihres Lebens. Ihre Augen glänzten auf vor Lust und erinnerten mich an das Aufleuchten des Schlosses. Ich war fast versucht, ihr die Geschichte zu erzählen, aber ein schlechtes Gewissen hielt mich davon ab. Gleichzeitig blickte ich aus dem Fenster und sah es – wie es mich anglotzte. Ich schluckte, wie man so sagt, aber ich schluckte, als hätte ich einen Stein verschluckt.

Wir fuhren. Sarah hatte sich frei von allen Bedrängnissen gemacht und ich zahlte die Reise, denn als Schloßbesitzerin hatte ich ja genug Geld, wie ich mir sagte.

Als wir mit Pulkovo Airlines in Sankt Petersburg landeten, herrschte Nebel. Er herrschte über die Stadt, als sei sie die Welt und als ob es hinter dieser Welt keine weitere Welt gäbe. Es war, wie die berühmten tausend Stäbe. Stundenlang warteten wir in der Schlange wegen der Paßkontrolle und endlich ließ man uns ins Nichts frei. Mit dem Taxi fuhren wir zum Hotel, dort begegnete man uns sehr kalt. Wir waren müde und frustriert, außerdem hatte ich unterwegs mein Schloß gesehen – in den Wolken, als wir im Himmel waren – ich wollte darüber erzählen, aber ich hatte zuviel Angst. Der Newskij Prospekt war viel gemeiner, als ich ihn mir vorgestellt hatte, sogar das Mariinskij Theater bewegte uns nicht. Schwanensee rührte mich zwar zu Tränen, aber ich weiß nicht warum. Vielleicht war ich müde und depressiv und viel zu allein. Aus den Augen der Tänzerinnen starrte mich mein Schloß an, und ich biß mir aus Versehen auf die Zunge.

Abends in einer Kneipe wußten wir beide aus einer gewissen Vorahnung heraus, daß wir kurz vor einem Besäufnis standen, wir unternahmen jedoch nichts dagegen, weil Sarah an ihr Leben dachte und ich an mein Schloß. Wir betranken uns so gnadenlos, daß ich überall nur noch Schlösser sah. Wir stritten uns zuerst über Kleinigkeiten, dann fingen wir an zu konkurrieren, wer von uns die Unglücklichere sei, wer von uns noch weniger Zukunft vor sich habe und schließlich geriet ich so in Rage, daß ich rief: »Ich habe ein Schloß! Ich habe ein Schloß gesehen! Es verfolgt mich!«

Ganz benommen blickte sie mich an und fragte: »Echt?« »Ja, es geht mir nach und es läßt mich nicht mehr in Frieden.«

Sie verdeckte ihre Augen mit den Händen und sagte: »Oh Gott, Elsie, wie schrecklich. Oh Gott.«

Katarina Cuèllar

Nymphenburg, Stille und Bewegung entlang geheimer Kraftlinien

Wer München anders erleben will als es die unsäglich depperten Tourismus-Führer anpreisen, wer sogenannte »Events« und den Dauer-»Adabei«-ismus der Weltstadt, auch die künstlich erzeugte Gier nach ständig anderen, neueren Veranstaltungen, Open Air oder Indoor, langsam aber sicher satt hat – wer die geschickt geschürte Angst ununterbrochen etwas zu versäumen ..., wer das alles einfach dumm findet, der ist hier genau richtig.
  Wo ist er richtig? Wohin soll er gehen?

Zu den stilleren Plätzen in der Stadt.

Nymphenburg um's Schloß rum, St.-Anna-Platz im Lehel, Domplatz mit kühlem Brunnegrund, oder irgendeiner der herrlichen Friedhöfe.

Seelen-Prickel-Plätze! Oh ja, die Seele kann prickeln oder gar vor Freude hüpfen, *wenn sie sich wohl fühlt*. Dazu gehören fast immer die Stille und die Zufriedenheit. Selten das Laute, Grelle oder gar Schrille.
  Ich geb's ja zu: Der Christopher-Street-Day im August hat mich überhaupt nicht interessiert.
  Vielleicht ein Fußballspiel ..., aber da sind zu viele Leute.
  Ich hab mir an dem Tag, wo ich zuerst nicht gewußt habe, wohin, den St.-Anna-Platz im Lehel genau angeschaut. – Später dann, als Höhepunkt natürlich, den Schloßgarten.

St.-Anna-Platz und Schloß Nymphenburg? Keine zufällige Begegnung zweier ausgewiesener Orte der Kraft.
  Denn die energetische Hauptlinie (schauen Sie auf den Stadtplan) verläuft geradlinig so:

- *Platz vor dem Schloß Nymphenburg*
- *Rotkreuzplatz*
- *Nymphenburger Straße*
- *Brienner Straße*
- *... dann mitten durch die Propyläen und den*
- *Königsplatz*
- *Karolinenplatz mit Obelisk*
- *Hofgarten*
- *St.-Anna Platz!*

Also beginnen wir die Besichtigung des Magischen Ortes, – damit sich's steigern kann, mit dem St.-Anna-Platz.

Von einem unterirdischen Stadtbach durchzogen, wird der Wunderort von zwei bekannten Kirchen gekrönt, die beide die Heilige Anna im Namen tragen, mit den Portalen sich zugewandt stehen und nur durch eine Straße getrennt werden.

Die eine der zwei St.-Anna-Kirchen, von wuchtiger historisierender Bauart, spielt mit dunkel mystizierenden Raumsummanden der romanischen Gottesburg-Idee.

Gabriel von Seidl hat es bei dieser genial durchdachten, erdschweren rheinischen Architekturphantasie verstanden, auf heiligem Plateau den Geist des frühen und hohen Mittelalters in behauenem Stein neu zu inszenieren.

Gegenüber, von der Stadt aus gesehen, links, die Klosterkirche: Der Eintretende wird von einem Juwel des Rokoko überrascht. Namen wie Fischer und Asam haben dem in Glauben, Hingabe und Heiligkeit fibrierenden Raum einen einmaligen künstlerischen Stempel aufgedrückt. Das Deckenfresko C. D. Asams entführt alsbald in den Himmel ... auf Erden.
  Den Himmel in München eben.

Und weil ich dann so München-selig geworden bin:
  Ab nach Nymphenburg, hinein in den Park.
  Gleich waren die Ideen ganz anders.

Himmel in München eben.

Nebenbei:

War er immer schon da, der Himmel auf Erden hier in der Stadt vor den Bergen? Oder ist er erst in den vergangenen 850 Jahren hier herniedergesunken?

Eine Oberarmreliquie des Hl. Antonius (Schutzheiliger der G'schlamperten!) in der Klosterkirche St. Anna im Lehel erinnert:

Schauen wir, daß der Himmel Münchens nicht verlorengeht!

Das mit dem St.-Anna-Platz und den zwei wunderbaren Kirchen, die der Heiligen Anna geweiht sind, ist kein Zufall, wenn das Thema

NYMPHENBURG

heißt.

Denn eines der großen Geheimnisse von München ist das *Geheimnis der Bewegung auf Kraftlinien* oder Flußlinien, wie die Fachleute dann sagen. Hier entstehen Macht, Stärke und auch Ideen. Leider ist diese Kraft öfter schon mißbraucht worden.

Wir wollen hier nur den kreativen, den lebensbejahenden Aspekt herausstellen.

Also besuchen Sie die auf dieser »Nymphenburg«-Linie genannten Orte und Stätten. Die Kraft fließt übrigens von Nymphenburg zum Lehel hin, nicht umgekehrt.

Wer mehr erfahren will, ist herzlich zu einer meiner Führungen eingeladen. Näheres unter:

www.magische-kraftorte.de oder *www.magisches-münchen.de*

Einfach zum Nachdenken:

»Tritt nicht heran! Ziehe die Schuhe von den Füßen, denn die Stätte, darauf du stehst, ist heiliges Land« (2. Buch Mose 3,5).

Vielleicht hätte Gott der Allmächtige an dieser entscheidenden, Heiligen Boden und Heilige Orte betreffenden Bibelstelle auch noch »Heiliges Land vor den Bergen ...«, sagen können – dann hätten wir einen sensationellen, Gottgewollten und alttestamentlichen Beweis, daß beim auserwählten Heiligen Land nichts anderes denn *Bayern* gemeint war.

Wer also das Heil des Ortes, des Heiligen Ortes, erkennen will, sollte wirklich mit der Bibel beginnen: »Ziehe eine Grenze um den Berg und erkläre ihn für heilig …« (2 Mose 19,23), fordert der eine Gott, bevor Mose auf den Sinai steigt und nichts Geringeres empfängt als die 10 Gebote (Regeln des Lebens, zeitlos gültige Lebenskraft in Worte gegossen).

Es geht aber auch im Kleinen. Und München ist so klein nicht. Wer dennoch den Berg haben muß: Andechs, Schatzberg, Karlsberg bei Gauting, Hoher Peißenberg … und hier in der Stadt?

Beginnen Sie am Schloßrondell, fangen Sie hier an zu begreifen. Spüren Sie es.

Fritz Fenzl

Im Nymphenburger Park

Vom Nymphenburger Park habe ich zum ersten Mal als sechzehnjähriger Internatsschüler in Marquartstein von meiner Deutschlehrerin gehört. Sie war eine »echte« Münchnerin. Echt, wie sie gern betonte, weil schon ihr Vater und ihr Großvater nicht nur in München gelebt und gearbeitet hatten, sondern wie sie auch, dort geboren waren. »Wenn ihr im Nymphenburger Park einen aufrecht gehenden älteren Herren in einem abgetragenen Lodenmantel begegnet«, pflegte sie zu sagen, »solltet ihr ihn vorsichtshalber grüßen. Es könnte ein Wittelsbacher, vielleicht sogar der Kronprinz Rupprecht selber sein.« Eine andere Weisheit, die sie gern von sich gab, war »Eine alteingesessene Münchner Bürgerfamilie erkennt man auch daran, daß sie im Nymphenburger Park einen geheimen Platz kennt, an dem sie im Frühling Frühjahrsmorcheln findet und erntet. Allerdings verrät sie ihn nur von Generation zu Generation in der Familie.«

Vierzig Jahre später, nachdem ich eine Wohnung in Nymphenburg gefunden hatte und mir meine Zeit so einteilen konnte, daß häufigere Spaziergänge im Park möglich wurden, habe ich oft an die Worte meiner Deutschlehrerin denken müssen.

Ältere Herren und Damen in abgetragenen Lodenmänteln habe ich dort oft gesehen. Der Kronprinz Rupprecht war inzwischen schon lange tot, aber den Herzog Albrecht und später den Herzog Franz hätte ich wohl erkannt und auch gegrüßt. Allerdings habe ich sie im Park nie getroffen.

Eines Tages im Frühling aber, an einem 26. April, um genau zu sein, sah ich es wenige Meter links von meinem Weg hellbraun aufblitzen. Meine ersten Frühjahrsmorcheln im Park! Ein ganzes Nest der köstlichen und aromatischen Pilze fand ich damals. Ich legte ein sauberes Taschentuch in meinen Hut, pflückte sie und brachte sie heim, barhäuptig und triumphierend. Seitdem finde ich sie öfter, nicht in jedem Jahr und auch nicht immer am gleichen Platz. Verraten würde ich ihn nicht. So kann ich mich doch seitdem ein wenig als alter Münchner fühlen.

Anstelle der Wittelsbacher kreuzen im Park heute vorwiegend Joggerinnen und Jogger, Touristen, Amerikaner und Japaner vor allem, meine Wege. Neulich wurde ich Zeuge, wie ein offensichtlich beeindruckter Amerikaner, dessen Frau ob der Gartenpracht des Parkes buchstäblich der Mund offen blieb, ein bewunderndes »They certainly must have more than one gardener« von sich gab.

Kürzlich hatte ich gar ein Schlüsselerlebnis. Mich, der inzwischen auch einen alten Lodenmantel trägt, sprach ein touristisches Ehepaar aus Westfalen am Parkeingang an: »Sagen Sie mal, wohnt in diesem Schloss noch ein König? Wir kennen uns nämlich mit eurer bayerischen Geschichte nicht so aus.« »Eure bayerische Geschichte« – das ging mir glatt herunter. Sie hielten mich also zwar nicht für einen Wittelsbacher, aber wohl doch für einen alten, vielleicht sogar echten Münchner.

Ich habe gern Auskunft gegeben. Fast wie ein Münchner, nur ein wenig ausführlicher.

Johann Daniel Gerstein

Ich und der Park

Morgens durch den Park.
Neugeborener Tag grüßt.
Klar die Aura der Dinge.
Ich verstehe die Bäume, die Luft, den Himmel.

Natur enthüllt sich.
Empfundene Atmosphäre.
Kostbare Einsamkeit.
Ich bin bei mir.

Weißes Schloß, wolkenloser Himmel.
Im Grün die Statuen.
In Gemeinschaft mit der antiken Welt.
Heute eine fremde Welt.

Aufkommender Lärm.
Besucher nahen.
Ich bin ein Teil von ihnen.
Die Welt holt mich ein.

Arbeitend denke ich an den Park.
Wechselverhältnis von Natur und Technik.
Zwei Seiten des Lebens.
Der Park als Traum vom Paradies.

Abends wieder im Park.
Wohltuende Ruhe.
Heilen der Schäden.
Ich komme zu mir.

Horst Jesse

Fenster zum Botanischen Garten

Zur Einweihung des Nymphenspiegel-Bücherbaumes

Im Botanischen Garten in München – der unmittelbar an den Nymphenburger Schloßpark grenzt, treffen die Besucher auf die Atmosphäre einer offenen und schöpferisch spielfreudigen Geisteshaltung; er bietet schon seit Jahren Künstlern ein Forum, ihre Werke dort auszustellen, doch mehr als das: nämlich sie an den passenden Orten in das gärtnerische Umfeld zu integrieren, ihnen dadurch, wie auch diesen Orten, eine erweiterte Wirkung und Geltung zu verschaffen.

In dieses organische Zusammenspiel von historischer – und mehr als nur systematisierender Gartenkunst mit zeitgenössischer »Kunst im Garten«, fügt sich auch die neu geschlossene Kunstpartnerschaft des Botanischen Gartens mit dem *Nymphenspiegel*-Kulturprojekt. Den Auftakt dazu bildeten im Frühling 2007 Hängung und Einweihung des Bücherbaumes. Das Konglomerat der mit dem Bücherbaum verbundenen Ideen stellt sich wie folgt dar: Hängt man Bücher in Bäume – schließen sich Kreise. Denn wem wurde beim Spazierengehen nicht bereits einmal die Erfahrung zuteil, daß ihm oder ihr der Wind in den Kronen der Bäume so manch weise Eingebung – oder vielleicht eine künstlerische, poetische Inspiration zugeflüstert hatte?

Bei besagten Büchern handelt es sich nun um solche, in denen Poesie jedes Jahr wieder einen neuen *Garten* findet: Vom *Nymphenspiegel* ist also die Rede. Die darin enthaltene, vom Schloßpark inspirierte literarische Ernte, wird durch den Bücherbaum der Gartennatur, mehr als nur symbolisch, wieder zurückgegeben. In diesem finden die Bücher nun ganz real den luftdurchfluteten Raum, die ungestörte Atmosphäre, ihren *Geist* wieder zu verströmen und diesen über das luftige Element an den Äther, die Gartenseele, zurückzugeben.

Doch abgesehen davon haben die Bücher ihren *Körper* von den Bäumen erhalten und kehren so in gewisser Weise auch wieder zurück zu ihrer Mutter, der *Mater(ie)*, aus der sie gemacht sind. Dadurch finden rituell Natur und Geist, nicht nur in Form des Buches, sondern auch darüber hinaus, draußen im Tanz der Elemente, künstlerisch erneut zusammen.

Zugleich stellt dieser Baum ein lebendiges Bücherregal dar, das sich im Bewegungszyklus der Natur verändert: blüht, Früchte trägt, seine Kraft zurückzieht und ausatmet, dann schließlich erneut knospt und sprießt. Ebenso verändern sich die in ihm hängenden Bücher, die, nur mit einer leichten transparenten Hülle bekleidet, den Witterungen ausgesetzt sind. Ein *lebendiges Bücherregal*, das sinnigerweise in diesem speziellen Fall seine Gestalt in Form des überaus symbolträchtigen Apfelbaumes fand. Es sollte, so ist es hier vorgesehen, Spaziergänger für den Zeitraum von mindestens einem Jahr zu einem kreativeren Umgang mit den Themen der Natur sowie des Wandelns und Flanierens in Gärten inspirieren. Denn das kann durchaus ein Weg sein, der einen Mensch wieder näher zu sich selbst bringt.

Bei der Einweihung des Bücherbaumes nahm dieser bereits die ersten beiden Bände des *Nymphenspiegels* auf. Meine Hoffnung ist, daß er, auch über diesen Jahreszeitraum hinaus, seine literarischen Früchte dort weiter tragen, sie weitertragen – und seine Palette jährlich um den neuesten Band ergänzen kann. So würde mit der Zeit die ihr wohl angemessenste Form einer öffentlichen *Nymphenspiegel*-Bibliothek entstehen.

Und einen besseren Ort dafür könnte ich mir mittlerweile auch gar nicht mehr vorstellen. Ursprünglich war es zwar meine Idee, den Bücherbaum im Nymphenburger Schloßpark direkt zu verwirklichen. Doch die Schlösserverwaltung zeigte sich hier nicht aufgeschlossen. Das empfinde ich aber keineswegs mehr als Nachteil, da der *Nymphenspiegel* in dem direkt an den

Schloßpark grenzenden Botanischen Garten aus meiner Sicht noch weit besser aufgehoben ist. Der Bücherbaum befindet sich am westlichen Rand des Schmuckhofes (bekannt durch Tulpen- sowie Sommerblumen-Pflanzflächen und die Magnolienbäume), am westlichen Treppenaufgang zwischen den beiden Porzellanpapageien, oberhalb davon rechts.

Als Erwiderung dieser Einladung öffnet sich nun, ganz im Geiste einer Partnerschaft, als neues literarisches Kapitel im *Nymphenspiegel* »Ein Fenster zum Botanischen Garten«, worin sich dieser künftig auch durch eigene Beiträge darstellen kann.

Bei der Einweihungsfeier im Mai konzertierte die Holzbildhauerin, Sängerin und Harfenistin Gabriele Ogrissek mit einer Auswahl aus ihrem umfangreichen Repertoire keltischer Lieder (Harfe, Gesang) und Tänzen aus Irland, Schottland und der Bretagne, gesungen auf gälisch, bis hin zu eigenen Kompositionen. Damit verlieh sie den Lesungen am Bücherbaum eine weitere poetische Dimension. Die Künstlerin, die auch schon mehrmals im Schloßpark aufgetreten war, gilt als eine der führenden Vertreterinnen der keltischen Musik-Szene in der Umgebung Münchens.

Ich empfehle sie hier im *Nymphenspiegel*, da sich ihre Musik ebenso in Natur und Gärten einfügt und mit ihnen zusammenklingt wie auch ihre Holzskulpturen. Über ihren Weg sagt sie: »Der faszinierende Klang der Harfe und mein Interesse für alte Kulturen bewegten mich vor 19 Jahren, meine keltische Harfe zu bauen, zu beschnitzen und das Harfenspiel zu erlernen. Die Suche nach den Wurzeln meines besonderen Musikinstruments führten mich auf mehrere Reisen durch Irland und Schottland. So greife ich in meiner Musik auch zurück auf traditionelle Lieder und Tänze aus keltischen Ländern; es sind aber ebenso Einflüsse aus anderen Kulturen spürbar, die sich mit eigenen Ideen zu neuen Klangbildern und Kompositionen verbinden.« Mehr zu *Gabriele Ogrissek, ihrem künstlerischen Werk, Schnitzkursen und CDs unter www.celtic-roots.de. Tel.: 08152/8090, E-Mail: info@celtic-roots.de.*

Ralf Sartori

Füchse im Botanischen Garten und im Schloßpark

Der Nymphenburger Schloßpark ist seit hunderten von Jahren Jagdrevier und Heimat für Füchse (*Vulpes vulpes*), und als 1912/1913 der Botanische Garten angelegt wurde, dürften die »Schloßfüchse« dies von Anfang an mit Interesse verfolgt haben. Die hohen Zäune und Mauern um den Botanischen Garten, die ihnen den Zugang verwehren sollen, betrachten sie eher als sportliche Herausforderung und den Garten als eine Art Club Méditerrané mit hohem Freizeitwert. Derzeit wird die Zahl der Füchse im Botanischen Garten auf ein oder zwei erwachsene Tiere und drei Jungtiere geschätzt. Die Zahl der Füchse im Nymphenburger Park schwankt je nach Jahreszeit; im Frühjahr, nach dem Wurf der Jungfüchse, dürften es wohl mehr als zehn sein (Professor E. Syrer, persönliche Mitteilung, August 2007). Ein Fuchsbau kann natürlich im Botanischen Garten nicht geduldet werden, aber im Nymphenburger Park ist uns der Ort zumindest eines Baus bekannt.

Füchse ernähren sich von Vögeln und anderen Kleintieren, Insekten, Regenwürmern, Obst, Beeren und Samen (König, 2005). Gern durchsuchen sie auch Abfalleimer und spielen mit dem dort Gefundenen. Manchmal findet man Gegenstände mit Zahnspuren, zum Beispiel durchgekaute Plastikflaschen, mit denen sie herumgetollt haben. Im Botanischen Garten finden sie besonders abwechslungsreiche Nahrungsquellen, und deshalb unternehmen die Schloßfüchse auch regelmäßige Ausflüge zu uns, wie man im Winter an den Fährten sehen kann. Das Wanderverhalten einzelner Füchse ist dabei unterschiedlich. Es gibt Individuen, die im September und Oktober, wenn die Jungfüchse aus den Territorien heraus müssen, 60–100 km weit laufen, aber 80–90 Prozent der Füchse bleiben nahe bei ihrem Heimatstreifgebiet in einem Umkreis von zwei bis drei Kilometern (König, 2005).

Wie durch die Medien hinlänglich bekannt, übertragen Füchse den für den Menschen gefährlichen »Kleinen Fuchsbandwurm« (*Echinococcus multilocularis*). Der natürliche Zwischenwirt dieses Parasiten sind Nager, besonders Mäuse, und deshalb sind Füchse, die sich überwiegend von Döner, Brotresten und anderem menschlichen Abfall ernähren, weniger vom Fuchsbandwurm

befallen als große Mäusejäger (König, 2005). Kaninchen und junge Hasen sind kaum vom Fuchsbandwurm befallen. Um den Befallsgrad der Schloß- und Garten-Füchse durch diesen Parasiten abschätzen zu können, führte der Garten zusammen mit der Schloßparkverwaltung im Sommer 2004 ein Untersuchungs-Projekt durch, welches von dem Wildbiologen Dr. König geleitet wurde. Der Forschungsschwerpunkt von Dr. König sind Stadtfüchse, angefangen von ihrer Ökologie über die Epidemiologie des Kleinen Fuchsbandwurms bis hin zur Einstellung der Bürger zu »ihren« Füchsen. Für das Projekt wurden im Schloßpark und im Botanischen Garten neun Füchse gefangen und erlegt. Untersuchungen von Darmabstrichen zeigten, daß keiner von ihnen mit dem Bandwurm infiziert war. Dieses Ergebnis paßt gut damit zusammen, daß diese Füchse vorwiegend andere Nahrung als Mäuse zu sich nehmen. Trotzdem wissen natürlich alle Gärtner des Botanischen Gartens, daß man sich nach Berührung von Erde in Fuchs-Gebieten durch gründliches Händewaschen schützen kann und muß.

Derzeit sehen wir im Botanischen Garten beinahe täglich einen neugierigen jungen Fuchs, der fast keine Scheu vor Menschen zeigt. Er ist schlank und hat ein schönes hellbraunes Fell (siehe Photo), und zeigt sich zu den unmöglichsten Zeiten – zum Beispiel am hellen Nachmittag am Gewächshauseingang oder morgens bei den Anzuchtbeeten. Ja, er besuchte sogar den kalten Grill bei einem der Wohnhäuser und schlabbert die Grillschale aus. Seine Mutter ist seltener im Botanischen Garten zu sehen und ist eher zerrupft und »schiach«. Der Jungfuchs wird im Spätherbst wahrscheinlich ins Kapuzinerhölzl abwandern, seine Mutter dürfte in dem Fuchsbau im Schloßpark zu Hause sein.

Stadtfüchse haben sich in ihrem Verhalten ihrem neuen Lebensraum Stadt angepaßt, und aus dem Nymphenburger Schloßpark sind sie nicht wegzudenken. Bei vorsichtigem und informiertem Umgang mit ihnen sind die Füchse eine Bereicherung unseres Lebens.

Zitierte Literatur: König, A. (2005): Neue Untersuchungsergebnisse zur Ausbreitung des Kleinen Fuchsbandwurms (*Echinococcus multilocularis*) im Großraum München. In: Bayer. Akademie d. Wissenschaften (eds) (2005) Rundgespräche der Kommission für Ökologie, Band 29: Zur Ökologie von Infektionskrankheiten: Borreliose, FSME und Fuchsbandwurm. Verlag Dr. Friedrich Pfeil, München, S. 71–86.

Susanne S. Renner und Eva Schmidbauer

Würm-Transfer – Poesie im Fluß

leise

die stillen wasser sind uns eingegeben
sie schweigen tags und sprechen in der nacht
ein leiser mensch wird von geräuschen leben
wird hören, lauschen, in den räumen gehn
und in der stille das gesetz verstehn

Sabine Bergk

Zur Magie des Wassers

Zur künstlerischen Ausdruckskraft des Schloßparks, seiner Magie, trägt auch die Würm bei, von der er durchflossen und durchdrungen wird. Dabei gelangt so manches zu ihm, das sie auf ihrer Reise aufgenommen – und mit sich getragen hat. Aus diesem Grund, und auch weil der Schloßpark und die Landschaft der Würm manch Wesensverwandtes besitzen, können sie und ihre Ufer, Orte, die an ihnen liegen, mit einbezogen werden in Jahrbuch und Kulturprojekt. Die Würm verbindet den Starnberger See, noch vor nicht langer Zeit Würmsee genannt, sowie das Würmtal mit dem Nymphenburger Schloßpark: Fließendes Wasser ist ein geheimnisvolles Medium – voll von tanzenden Spiegelungen, flüsternden Lauten und verborgenen Stimmen. Fließendes Wasser findet Dauer durch stete Wandlung und Bewegung, – ist eine Manifestation lebendiger Weisheit. Es ist von einem festen Standpunkt aus betrachtet keinen nächsten Augenblick dasselbe, wirkt als starker Informationsträger und mystischer Nachrichtenkanal, nimmt Ideen und Gedanken mit in seiner Strömung und trägt sie zu anderen – zu neuen Ufern.

stillestehen im fließen

wie unglaublich ist es doch
daß der fluß immerzu fließt
unerschöpflich scheinbar
gleich der Zeit
und nie versiegend
in unvorhersehbaren
Strömungsmustern
die einander stetig
gegenseitig formen
neu erschaffen ohne anfang
ohne ende der fluß
hat mir heut nachmittag
die Zeit
ganz fortgetragen mit der Zeit
da sitz ich also ewig schon
so still und blick ihr hinterher
fassungslos vor ihren ufern
und hoffe daß sie mich von hier
und auch von mir
noch lang nicht fortreißt

Ralf Sartori

ein au

kleiner unruhig sprühender bach mit wenig existenzberechtigung
kann in einem abflußrohr umgelenkt zerteilt abgeführt und in einer
güllegrube wieder ausgesetzt werden ohne dass sich die angler die mädchen
die romantiker oder auch nur ein einziger fisch beschweren würde
bei den Ingenieuren der Bauleitung

Sabine Bergk

Vom Schloßpark und seinem kleinen Bruder

Ich gehe oft im Schloßpark spazieren, durch die Allee, seitlich des Kanals, bis zur Brücke am hinteren Ausgang. Mein Blick wandert nach draußen, über Wiesen, und ich träume mich die Würm aufwärts.

Wie oft bin ich schon zur alten Mühle nach Stockdorf gefahren. Von da führt mein Weg die Würm entlang, Richtung Gauting.

Traumhaft ist es im Mai, wenn die Würm meterlange smaragdfarbene Feenhaare bekommt, die von den Wellen langsam hin und her geschaukelt werden. Später blühen Tausende kleiner weißer Blüten darauf. Nach ein paar Tagen senken sich die langen Feenhaare auf den Grund hinab, und der Zauber ist vorbei.

Auf den Uferwiesen, zwischen uralten Eichen, tauche ich ein in ein Meer von Düften, Grillenzirpen und Vogelgezwitscher.

Es geht weiter am Ufer entlang; ich folge der großen Würmschleife und bin nun im kleinen Schloßpark zu Fußberg. Dieser wurde im Stil des Englischen Landschaftsparkes angelegt. Er ist sehr natürlich und ein wenig verwildert. Gleich am Anfang trifft man auf eine schöne Wiese mit alten Apfelbäumen, und in der Mitte steht ein kleines Haus, in dem eine Malerin ihr Atelier hat. Der Rundweg dauert nur zehn Minuten und führt an wunderschönen alten Buchen, Eichen und Tannen vorbei. Vor einer verwitterten Steinbank liegt ein riesiger Mühlstein im hohen Gras und lädt zum Verweilen ein. Neben dem Weg gibt es noch einen Brunnen, eine Remise und das Schloßcafé.

Es ist immer einen Besuch wert. Im Winter lädt sein Inneres ein zum Aufwärmen, und der Wirt hat einen guten Musikgeschmack; er legt schönen, leisen Jazz oder Klassik auf.

Im Sommer ist es hier einmalig. Im Gegensatz zu den Cafés in der Stadt, wo alles seinen festen Platz und seine starre Ordnung hat, herrscht in diesem hier Leichtigkeit, und es ist im besten Sinne anarchistisch.

An heißen Tagen stelle ich meinen Stuhl in die Würm, die neben dem Café vorbeifließt, und trinke meinen Kaffee, die Füße im kühlen Wasser. Oder ich trage meinen Tisch unter meinen Lieblingsbaum. So genieße ich diese Tage im kleinen Park.

Der schönste Sommergenuß aber ist ein Konzertbesuch abends an diesem Ort: Ich setze mich nahe an die Hauswand, esse eine Kleinigkeit und warte, daß die Sonne langsam untergeht.

Die Wirtin zündet die Kerzen an, der Pianist setzt sich ans Klavier, die Sängerin hat sich umgezogen und die samtige Abendluft trägt die Musik durch den Park.

Wenn dann der Mond zwischen den hohen Eschen hervorkommt, die kleine Gesellschaft in milchiges Licht taucht, die Wiese nach Abend riecht, kann ich mir nichts Schöneres vorstellen.

Hilde Gleixner

Ich
Die Wiese am Fluß
Ich bin so wie sie
So hügelig und weit

Der Fluß an der Wiese
Ich bin so wie er
So wild und sanft und lang.

Maya Sphinx

die weißeritze nimmt sich ihren lauf

wie man auch tobt und flucht und jaucht
die weißeritze nimmt sich ihren lauf
und wenn du tausend brücken baust
bahnstrecken in ihr flußbett stauchst
beton planierst asphalt gebrauchst
die weißeritze nimmt sich ihren lauf
ein launisch weib wird niemals zahm
auch wenns in feste hände kam
bricht frühjahrseis die wasser auf
die weißeritze nimmt sich ihren lauf

Sabine Bergk

der regentropf

ein regentropf
fiel auf den kopf
einer betuchten Dame
elvira war ihr Name
und wie es sich für Damen gehört
hat sie den tropfen kaum gespürt
die meere sollten locken
der tropfen ließ sie trocken

ertrunken

ein kind
sank
über den uferrand
    es wollte das wasser
        küssen –
    (vorwurf 1: das hättest du wissen müssen
    vorwurf 2: kleiner narziß
    vorwurf 3: die armen eltern)

Sabine Bergk

am mühlbach

am mühlbach in schwarzen wassern
liegt müllers romantisches grab
die mädchen gehn heute gelassen
die alten am sportlichen stab
sie walken trainieren und joggen
und schminken sich glattes gesicht
die schmerzlichen mühlbachtränen
will man nicht

hinter grünen tümpeln

hinter grünen tümpeln
liegt ein alter kahn
nyphoman
geht es darin zu
in der nacht
der handel mit hanf
floriert
und in mystischer stund
gibt sich neptun selbst
in das liebesspiel
mit gewaltigem stab
bis der kahn
sternhagelvoll
zusammenkracht

Sabine Bergk

Die beiden anderen literarischen Salons, Wanderausstellung und Patenschafts-Modell des Kulturprojekts

D<small>ER</small> N<small>YMPHENSPIEGEL</small>-W<small>ANDERSALON</small>: Es gibt doch schon das »Offene Poesie-Forum«. Warum dann noch ein Wandersalon? Wozu ein Salon überhaupt?

Weder das Buch noch das Projekt schwimmen in den üblichen Fahrwassern der Vermarktung. Sie sind kompromißlos im Wesentlichen und *eigen*, laufen daher auch nicht immer ganz reibungslos in dieser Welt. Der *Nymphenspiegel* ist also Individualist und auch ein Anarchist, der sich vom kommerziellen System nicht zurechtstutzen lassen wird. Er ist eben keine *Heckenpflanze*, sondern er lebt *sein* Wesen und muß daher seine Wege eher querfeldein freilegen. Meist sind sie nicht ausgetreten. Ihm entspricht daher die ehrlich gemeinte Empfehlung, die persönliche Vermittlung, ein menschliches Weiterleiten, zum Beispiel an Freunde und Bekannte. Und genau das benötigt er auch für sein *Überleben*. Dies ist der *Untergrund*, durch den seine Rhizome wachsen.

Und das ist das Gute an diesem *Querfeldein* – auch wenn es oft mühsam ist: Man trifft dort durchaus immer wieder sehr interessante andere Wesen, die ebenfalls *ihrem* Weg folgen. Daher – neben dem anfangs genannten Grund – die Idee des Wandersalons: Denn ein Salon an sich hat immer etwas mit Begegnung zu tun, aber vor allem mit Kunst wie Literatur und Musik, welche die Hauptfelder des *Nymphenspiegels* sind, mit geistigem und menschlichem Austausch, also mit innerer Bereicherung – und ausgehend davon vielleicht: mit so manchen kreativen Verknüpfungen. Ebenso spielt die Idee der Künstlerfeste mit phantasievollen Inszenierungen hierbei eine Rolle.

Wie sich dieser Salon dann im Einzelnen konkret darstellt, hängt jedoch von den jeweiligen Gastgebern und ihren Gästen ab. Zwar gibt es einen konzeptionellen Rahmen, der aber sehr offen und flexibel ist. Nur sollte das Projekt kurz vorgestellt werden, wobei auch Texte aus den Jahrbüchern oder solche, die von Teilnehmern verfaßt wurden, gelesen werden können. Fast immer bietet sich dabei auch Gelegenheit, *Nymphenspiegel*-Autor(inn)en zu treffen – in jedem Fall aber neue Menschen kennenzulernen, die an Natur wie auch an Kunst interessiert sind. Im großen und ganzen soll es jedoch immer ein möglichst spontanes festliches Ereignis für alle Beteiligten werden.

Der Kern des Konzeptes ist, daß jeder, der sich vom *Nymphenspiegel* angesprochen fühlt, den Salon in seinen privaten Kreis, sein Zuhause einladen kann. Einen Teil der Gäste bringe ich dazu gerne selbst mit, den größeren Teil der Einladungen übernimmt aber immer der (die) Gastgeber(in) aus dem eigenen Umfeld – so ist es zumindest gedacht. Das bringt Abwechslung für die Gäste, vor allem jene, die den Wandersalon öfter besuchen, da er, bedingt durch sein nomadenhaftes Dasein, immer ein wenig anders ausfällt.

Außerdem unterstützt dieses Konzept, daß sich das *Nymphenspiegel*-Kulturprojekt und die Jahrbücher in immer weiteren Kreisen herumsprechen. Und damit kommen wir noch einmal auf das Thema des manchmal mühsamen *Querfeldeins* zurück. Damit sich das Projekt tragen und mit der Zeit stabilisieren kann, braucht es das *Weitersagen* und engagierte *Weiterreichen*, die Empfehlung gegenüber Freunden und Bekannten. Dabei geht es jedoch nicht nur um Buch und Projekt: Es geht um Freude, Austausch, Kreativität und Begegnung, darum, gemeinsam zu feiern und zu sehen, was dabei an Neuem entstehen und wachsen kann. Denn der *Nymphenspiegel* ist kein reiner Selbstzweck.

Sie sind interessiert, daran mitzuwirken, sei es als Gast oder als Gastgeber? Dann freue ich mich, von Ihnen zu hören.

Die »Königin der Nacht« ist ein »Offener Salon«, ähnlich dem »Offenen Poesie-Forum«, das an jedem Samstag im Nymphenburger Schloßpark, am Apollo-Tempel, von 11–12.30 Uhr, stattfindet. Jedoch mit einigen Unterschieden: *Dieser* Salon hier findet unregelmäßig statt und zwar in den Räumlichkeiten der derzeitigen Redaktion, zu den auf der Homepage genannten Terminen. Wenn es die Wetterverhältnisse erlauben, lade ich dazu in den dortigen Garten ein, zu einer Runde um ein offenes Feuer.

Gleichgültig jedoch ob drinnen oder draußen, wäre, neben einer gewissen Gelenkigkeit, die wegen der orientalischen Sitzkissen erforderlich ist, auch eine telephonische Anmeldung hilfreich. Denn ob der Salon zu dem jeweils angegebenen Termin tatsächlich stattfindet, hängt davon ab, ob es dafür rechtzeitige Anmeldungen gibt. Ebenso könnte es aber sein, daß er aufgrund der begrenzten räumlichen Möglichkeiten schnell ausgebucht ist. Daher, und um besser planen zu können, wäre es gut, ein bis drei Tage vorher anzurufen. Dennoch ist von meiner Seite aus eine telephonische Anmeldung nicht zwingend erforderlich, da mir immer auch kurzentschlossene Gäste willkommen sind, was kein Problem ist, sofern der Salon stattfindet, weil es zuvor Anmeldungen gegeben hat. Wer aber sichergehen möchte, nicht vergeblich zu kommen, sollte auf jeden Fall vorher anrufen.

Doch mehr noch zum Inhalt: Dieser Salon dient Begegnung, Kommunikation und Austausch von Parkliebhabern, Poeten und anderen Künstlern, die eine Affinität zur Poesie und Metaphorik alter Gärten besitzen sowie zum musevollen Spazierengehen und Flanieren, und sich kreativ mit diesen Themen in irgendeiner Form befassen, sei es beruflich oder privat. In diesem Kreis betreten Sie die Werkstatt des *Nymphenspiegels*, setzen Ihre Schritte hinter dessen Kulissen. Deshalb eignet er sich auch hervorragend für alle, die sich mit dem gesamten Kulturprojekt vertraut machen – und eventuell einbringen möchten. Doch keine Angst, niemand wird hier zu irgendwelchen Aktivitäten gedrängt, außer vielleicht Kaffee und Kuchen zu genießen – oder was immer die Gäste sonst noch mitbringen. Es können auch selbstverfaßte Texte in der Runde vorgetragen – oder für die nächste Ausgabe des *Nymphenspiegels* eingereicht werden.

Wie Sie sehen, gibt es für diesen Salon einen weitgesteckten Rahmen, der von den Möglichkeiten einer Schreibwerkstatt, des Kontakteknüpfens unter verwandten Seelen, Lesungen, Gesprächen bis hin zur Besprechung von Teilnahmemöglichkeiten am *Nymphenspiegel*-Kulturprojekt sowie möglicher gemeinsamer Planungen reicht.

Außerdem wird hier an der *Poetischen Weltrevolution* gefeilt, zumindest an einem kleinen Mosaiksteinchen davon – also Poet(inn)en ... hört die Signale!!! Auf geht's!

Und noch etwas, das für dieses Projekt nicht unwichtig ist: Wer in jener Runde einen Band des *Nymphenspiegels* kauft und es damit auch ein wenig finanziell unterstützt, denn davon – und vor allem davon – bleibt es materiell am Leben, erhält eine »Königin der Nacht« als Geschenk dazu. Sie, die als Patin für den Salon steht, ist eine rätselhafte Pflanze aus den Regenwäldern Guatemalas, deren eine jede ihrer Blüten nur eine Nacht lang blüht, aber voller Kraft und Ausstrahlung, von einem geheimnisvollen Wesen durchdrungen, und dabei ihren Duft im ganzen Haus verströmt. Solchen Blühens zu Anlaß und Ehren ist bei Liebhabern dieser Pflanze schon zu manch spontanem Fest geladen worden, bei dem die Gäste dem nächtlichen Schauspiel gemeinsam folgen.

Es gehört zu ihr, daß man sie, obwohl einfach zu pflegen und zu vermehren, in keiner Gärtnerei, keinem Laden erwerben kann. Merkwürdig, da es dafür eigentlich keinen nachvollziehbaren Grund gibt. Tatsächlich wird die »Königin der Nacht« seit jeher immer nur unter Freunden und Bekannten weitergegeben. Sie ist ganz einfach nicht käuflich und paßt so vortrefflich zur poetischen Natur des *Nymphenspiegels* Wesens.

PHOTOPROJEKT UND WANDERAUSSTELLUNG: Gesucht werden ständig Menschen, die der *Nymphenspiegel*-Wanderausstellung einen sichtbaren Platz in öffentlichen Räumen wie zum Beispiel Cafés, Restaurants, Kulturorten, Verwaltungen, Behörden, Schulen oder Altersheimen geben können und wollen. Sie stellt eine Mischung dar von Bildern aus dem *Nymphenspiegel*-Archiv, Textzitaten und Projekt-Texten. Dabei bildet sie eine ausgewogene Mischung aus Photokunst und Hintergrundinformation über das gesamte Kulturprojekt. Hauptthema dabei ist der »Perspektiven-Wechsel«. Die Betrachter sollen zu neuen Sichtweisen auf bekannte Gärten angeregt werden, gezeigt am Beispiel des Nymphenburger Schloßparks. Der Blick löst sich dadurch leichter wieder von eingefahrenen Sehgewohnheiten, die oft wie zementiert sind von den üblich vordergründigen Broschüren- und Postkartenmotiven, welche uns hindern können, diese Orte stetig neu, in ihrer Tiefe und Mystik, ihrem ganzen Facettenreichtum, in unserer eigenen Weise zu erfahren.

Die Ausstellung wird, gestaffelt, in einem Umfang von nur drei – bis zu achtzehn Bilderrahmen angeboten. Bei Bedarf kann dieser noch vergrößert werden. Die Bilderrahmen haben die Formate von 60 mal 80 und 50 mal 70 Zentimeter. Während einer *Nymphenspiegel*-Vernissage führe ich gerne selbst durch die Ausstellung und stelle auf Wunsch das Gesamt-Kulturprojekt mit all seinen Teilen vor. Auch Lesungen aus dem Jahrbuch sind hierbei, falls gewünscht, zum Beispiel im Rahmen eines Künstlerfests möglich.

Gesucht werden für diese Ausstellung laufend auch ältere – und historische Aufnahmen vom Schloßpark, die sowohl Wandlungen in ihm als auch seine Kontinuität erkennen lassen.

ÜBER DAS KULTURPATENSCHAFTS-MODELL: Es gibt die Möglichkeit, im Nymphenburg-Jahrbuch praktisch kostenlos eine Werbeseite zu plazieren: besonders interessant für Unternehmen, Läden, Praxen oder Lokale, die sich in den Stadtvierteln um den Park befinden. Das werbende Unternehmen bezahlt zwar dafür eine gewisse Einlage, bekommt diese aber vollständig in Form von Büchern zurückerstattet. So findet ein wechselseitiges *Geben und Nehmen* statt, das sowohl für das Kulturprojekt, den Schloßpark, als auch für den Klienten förderlich ist. Da jeder Band langfristig auf dem Markt bleibt und nach Bedarf immer wieder nachgedruckt wird, zahlt sich eine solche Werbung besonders aus. Die Tarife können beim Herausgeber nachgefragt werden *(siehe Autorenverzeichnis)*. Ebenso können Privatleute eine Kulturpatenschaft für den *Nymphenspiegel* übernehmen. Auch sie erhalten ihre Einlage in Form von Büchern vollständig zurück und werden im Buch als Patin bzw. Pate genannt, mit ihrer Adresse und einigen persönlichen Zeilen. Die Mindesteinlage für eine solche Privat-Kulturpatenschaft liegt beim Preis von fünf Büchern, was in etwa 100 Euro entspricht. Es sind auch Mehrfach-Patenschaften möglich. In letzterem Fall erweitert sich der Umfang des Text-Rahmens in Verbindung mit der persönlichen Nennung. Auch Mäzene und Förderer des Projekts sind immer sehr willkommen und können an exponierter Stelle genannt werden

Ausführliche Informationen zum gesamten Kulturprojekt erhalten Sie in Band I und Band II des Jahrbuchs, auf meiner Homepage oder bei mir, telephonisch, direkt.

Ralf Sartori

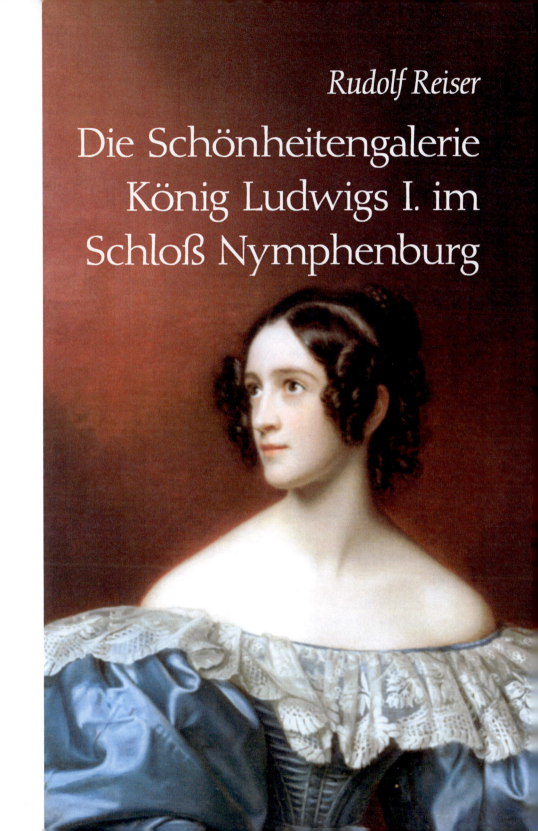

Rudolf Reiser

Die Schönheitengalerie König Ludwigs I. im Schloß Nymphenburg

Eine laszive Mischung aus königlichem Selbstverständnis und Präsentation weiblicher Grazie, aus modischer Eleganz und Ouvertüre zur schönsten Todsünde ist die *Schönheitengalerie* im Schloß Nymphenburg. So wie die römischen Kardinäle ihre Mätressen als Heilige malen und in ihre Privatkapellen stellen ließen, so beauftragt der Bayernkönig Ludwig I. seinen Hofmaler Joseph Stieler, die Schönheit einiger Gespielinnen auf Leinwand festzuhalten.

»Ein gemaltes Serail« nennt der Dichter Paul Heyse (*1830 Berlin) das Unterfangen und fügt hinzu, der Auftraggeber habe diese Bilder »nicht bloß als ein platonischer Verehrer der Schönheit« angelegt. »So ging ein Hauch von fröhlicher, warmer Sinnlichkeit durch alle Schichten der Gesellschaft«, behauptet der Poet weiter. Ähnlich äußert sich der große Architekt Leo Klenze (*1884 Schladen bei Goslar), wenn er von der »aphrodisischen« Liebschaft Ludwigs spricht: »Eine solche hört bei ihm nicht auf, ehe sie alle Phasen durchlaufen hat.«

Diese Aussagen unterstreicht Ludwig immer wieder. Im intimen Freundeskreis behauptet er gar, er werde trotz seiner Ehe mit Therese (nicht in der Galerie) immer eine Geliebte haben. 1848 gibt er zu, im Laufe seines Lebens mit 50 weiblichen Geschöpfen die Freuden der Aphrodite geteilt zu haben. Nachweislich hängen davon die Bildnisse von sechs solchen Damen in Nymphenburg. Eine siebte wird zwar für die Sammlung von Stieler gemalt, doch verschwindet das Kunstwerk daraus alsbald wieder. Bei den meisten der nicht zur Verwandtschaft gehörenden Damen setzt der König nach den Ateliersitzungen in den Umkleideräumen zum Griff nach Rock und Mieder an, doch weiß niemand, bei wie vielen er dabei sein Ziel erreicht. Berechnet ist die Galerie offensichtlich von Anfang an auf sechs mal sechs sind 36 Damen. Jeder versteht, sechs ist die Zahl der Aphrodite!

Bevor Ludwig das erste Bild der heutigen *Schönheitengalerie* malen läßt, hat er schon reichlich den Zauber der Göttin genossen. Bis 1827 zählen wir 17 Damen auf seinem Lustlager, was er selbst und seine Begleiter (Klenze, Ringseis usw.) mitteilen. Eröffnet wurde seine Schürzenjagd 1805 in Neapel, als er die 20jährige Mary, Tochter des amerikanischen Freiheitskämpfers Robert Livingstone, in seinen Bann zog. In schneller Abwechslung verstand er sich anschließend mit Schauspielerinnen, Gräfinnen, biederen Bürgermädchen aus München, Polen, Ungarn, Österreich und Italien.

Wir kennen alle ihre Namen: Mary, Marguerite Weimar, Nanni (Schwefelholz-Nanni genannt), Maria von Walewska, Regina Hitzelberger, Anna aus Salzburg, die Wienerin Antonie, Julie von Zichy, Helene Hahn, Maria von Rambaldi, Angelika aus Rom, Adelaide Schiasetti, Paoline Borghese (Schwester Napoleons), Marianna Florenzi, Friderike von Hartmann, Angelina Magatti und Nanette Steiner.

Eine bunte Schar von lobens- und liebenswerten Geschöpfen jeden Standes also, angefangen von der Kaiserlichen Hoheit Paoline bis zur Blumenwinderin Angelika. Und nach diesem Prinzip wird auch die *Schönheitengalerie* angelegt! Nur ein König, so stellt der Schweizer Kulturhistoriker Jacob Burckhardt (*1818 Basel) fest, kann sich über den Dünkel der Zeit hinwegsetzen. »Dem reichsten Privatmann zu Gefallen hätte man nicht die Erzherzogin wie die Schustertochter gleichmäßig bewegen können, zum Malen zu sitzen, damit eine vom Stand unabhängige Konkurrenz der Schönheit entstehe.«

Aber nicht nur der Stand ist Ludwig gleichgültig, auch die Konfession seiner Angebeteten. Auf einen kurzen Nenner gebracht: Der sonst so bigotte König kümmert sich mehr um deren Leib als Seele. In der *Schönheitengalerie* sind konkret mehrere katholische und protestantische Damen vertreten, aber auch eine Jüdin, eine Anglikanerin, Orthodoxe und einige, die gar nichts glauben.

Während der Stationierung der *Schönheitengalerie* in der Residenz gehört diese zu den beliebtesten Sehenswürdigkeiten Münchens. Die Reaktionen reichen von grandiosen Preisliedern bis zu moralischen Einwänden und gehässigen Versen. Immer wieder zitiert wird der Komponist, Sänger und Schriftsteller Eduard Genast (*1797 Weimar), Goethes Schützling. Er schreibt über »das Zimmer der schönen Damen« in sein Tagebuch: »Hier würde Paris von neuem in nicht geringe Verlegenheit gerathen sein, wem er den Preis zutheilen solle.«

Um der Wahrheit willen muß auch gesagt werden: In die Preislieder auf die *Schönheitengalerie* mischen sich viele kritische Töne. Burckhardt tadelt die »fade, almanachmäßige Auffassung des Hofmalers Stieler«. Und Ludwigs größter Feind, Heinrich Heine (*1797 Düsseldorf) dichtet auf den Wittelsbacher: »Er liebt die Kunst, und die schönsten Fraun,/Die läßt er porträtieren;/Er geht in diesem gemalten Serail/Als Kunsteunuch spazieren.«

Ludwig kennt diese Kritiken natürlich. Um dem Vorwurf der Unmoral zu begegnen, nimmt er in seine Galerie (freilich relativ spät) auch junge Frauen auf, die zu seiner Familie gehören oder solche, die über jede Koketterie erhaben sind. Und so entsteht eine einmalige Sammlung, die uns heute nicht nur das königliche Selbstverständnis und seine schönsten Todsünden präsentiert, sondern auch weibliche Grazien im Kleid und Schmuck ihrer Zeit – und solche die Geschichte schreiben.

1. Die erste Lady der Galerie in zwei Ausführungen:

Augusta Strobl

Zum Dank für ihren Dienst am König erhält die Tochter eines Münchner Buchhalter-Ehepaars eine Moral- und Sittenlehre des nachmaligen Regensburger Bischofs Sailer

* 24. Juni 1807 München
∞ 22. Januar 1831 Norbert (nicht Anton) Hilber († um 1870), Revierförster, später Forstmeister in Passau
➢ Zwei Töchter und drei Söhne
† 2. Januar 1871 Passau
Eltern: Buchhalter-Ehepaar in München
📖 Oertzen, *Hof- und Staatshandbuch*, Oberbayerisches Archiv 110

☐ 1827 von Stieler in zwei Fassungen gemalt. 1a mit der Brust zum Betrachter; 1b mit dem Rücken zum Betrachter. Beide Bilder heute in der *Schönheitengalerie*. Die Gewitterwolken im Kontrast zum schönen Wetter im Hintergrund auf 1a symbolisieren den Gemütswechsel von Monarch und Modell. 1b können die Münchner bereits im Sommer 1827 im *Kunstverein* betrachten.

Zu oft und offensichtlich belog und betrog König Ludwig I. bisher seine Ehefrau Therese, als daß man behaupten könne, er habe es nicht auf die erste Dame der *Schönheitengalerie*, Augusta Strobl, abgesehen. Nach allem, was wir wissen, ist die modebewußte Münchnerin seine 18. Begierde, die er als »die Schönste Meines Königreiches« bezeichnet. Tatsächlich gehört sie zu den herausragenden Damen der Galerie, auf 1a sogar in den Landesfarben (weiß-blau) gekleidet.

Kaum zu glauben, daß sie ihm bereits bei den ersten Annäherungsversuchen einen Korb gibt. Wie sonst soll er ihr nach dem Porträt Stielers ein Erbauungsbuch von dem Theologen Johann Michael Sailer schenken, des späteren Regensburger Bischofs. Dieser warnt nachhaltig vor den Fleischessünden. Und Ludwig ist schon lange der Meinung, nur für ihn gelte das sechste Gebot nicht, dagegen um so mehr für seine jeweilige Bettgespielin, die sich mit einem anderen Mann als ihm einläßt. Verquerte Moral, von der Architekt Klenze immer wieder spricht!

Angeblich bittet Augusta Strobl den König schon im Frühjahr 1827, den Forstgehilfen Norbert Hilber zu befördern, um ihn endlich heiraten zu können. Doch die junge Dame muß darauf noch vier lange Jahre warten. Ungereimtheiten, die nur die Deutung zulassen: So schnell räumt der König das Feld nicht. Und nur wer seine Denkungsart kennt, kann folgenden Vers an sie verstehen: »Offen ins offene Auge mir schau/Zweifelnd nicht, daß Du theuer mir bist/Deine Unschuld heilig mir ist.« In diesem Zusammenhang wird die Schönheit aufgefordert: »Daß Du achtest den Menschen in mir,/Nicht den König sehest bey Dir.«

In München sieht man beide öfter beisammen, so auch auf dem Bürgerball im Fasching 1830, auf dem sich der König arg erkältet und anschließend lange das Bett hüten muß. Des Wartens schließlich überdrüssig schreibt ihm Augusta im Februar 1830: »Im festen Vertrauen auf diese königlichen Worte wage ich, Euer königliche Majestät (!) um die Gewährung einer allergnädigsten Audienz allerunterthänigst zu bitten, und geharre täglich für Euer königliche Majestät längst ersehnte Wiedergenesung Gebete zum Himmel sendend.« Unterzeichnet ist der Brief mit: »Treu gehorsamste Augusta Strobl.«

Auf dem Krankenlager sieht der König wohl ein, daß er die Heiratsbitte seiner ersten Dame in der *Schönheitengalerie* nicht länger ausschlagen kann. Nach der Trauung sollen sich beide nie mehr sehen. Wie wir dem *Hof- und Staatskalender* entnehmen können, läßt sich das Paar in Ergoldsbach bei Landshut nieder, wo Hilber Revierförster wird. Der Monarch erinnert sich aber noch lange seines Vergnügens mit der nunmehrigen Försterin und charakterisiert sie in reiferen Jahren als »die Schönste, welche je noch war«.

2. Eine Italienerin mit deutscher Moral:
Maximiliana Borzaga

Nur mit äußerster Entschiedenheit kann die Mutter des aparten Mädchens, eine Münchner Mesnertochter, ihren Nachwuchs vor der Begierde ihres Königs schützen

* 1806 München
∞ München (Liebfrauendom), 1830 Dr. Joseph Krämer, Badearzt in Kreuth
➤ Eine Tochter, ein Sohn
† 15. Mai 1837 Kreuth

Mutter: Anna, Tochter des Mesners von St. Salvator
Vater: Giuseppe Borzaga aus Rovereto, Leihhaus- und Salinenkassierer
📖 Oertzen, *Hof- und Staatshandbuch*
☐ 1827 als zweites Bild der *Schönheitengalerie* von Stieler fertig gestellt. Auffallend das hochgeschlossene Kleid der Hübschen und der überladene Hut all' italiana.

Als die schönste Italienerin in München gilt 1827 die 20jährige Maximiliana Borzaga, deren Vater aus Rovereto stammt und der zum Dank für die Förderung durch König Maximilian I. Joseph sein Töchterlein nach ihm benennt (Maximiliana). Zum Freundeskreis der Familie gehört der ebenfalls aus Rovereto gebürtige Luigi Tambosi, der seit 1810 ein Kaffeehaus betreibt und später das Hofgartencafé (*Tambosi*) kauft. Von seinem Sohn Guiseppe wird noch ausführlich die Rede sein (siehe Königin Marie).

Seine bisherigen Gespielinnen italienischer Provenienz (Maria von Rambaldi, Angelika, Adelaide Schiasetti, Angelina Magatti, Marianna Florenzi) haben es verstanden, Ludwigs Sinne in allerhöchstem Maße zu erregen und in Ekstase zu versetzen. So erwartet er sich jetzt von der jungen Borzaga eindeutige Gefälligkeiten. Bis zu einem gewissen Schritt läßt sie es kommen, doch dann verbittet sie sich jeden Besuch – sowohl im Atelier als auch im angrenzenden Umkleideraum.

Das hat zur Folge: Von jetzt an begleiten einige besorgte Mütter ihre hübschen Sprößlinge zum Malen in die Residenz, was Ludwig wiederum gar nicht gerne sieht. Unmittelbar nach Fertigstellung des Porträts erscheint in der Zeitschrift *Flora* eine Huldigung an das Mädchen: »Der Wangen Flor, des Munds geborstne Kirschen, der Locken Nacht – drin Liebesgötter pirschen.«

Vielleicht wäre die Borzaga nicht gar so prüde, wenn da nicht schon ein Kavalier auf sie warten würde. Wir wissen nämlich, daß den Liebesschmerz der Hübschen ein junger Mediziner namens Krämer heilt. Ludwig ist offensichtlich nicht nachtragend. Und so lesen wir, daß er den »Baad-Arzt zu Kreuth« noch 1827 (11. Dezember) an die Universität München beruft und ihm erlaubt, »in diesem Wintersemester Vorlesungen über besagten Gegenstand zu halten«. Der Freund aus den Bergen gehört also europaweit zu den ersten Wissenschaftlern des Faches Balneologie. In Kreuth erreicht der Mediziner solche Erfolge, daß ihn der König an München binden will. Drei Monate nach dem Tod Maximilianas bittet er ihn zu sich in die Residenz.

3. Von Majestäten in München und Petersburg umworben:

Amélie von Kruedener

Die illegitime Tochter der Fürstin von Thurn und Taxis und ihres Galans Lerchenfeld tritt in die Fußstapfen der Mutter, huldigt aber neben der Männer- auch der Nächstenliebe

* Juli/August 1808 Regensburg
1. ∞ 1825 Alexander von Kruedener (* 1786 Riga; † 1852 Stockholm), Diplomat
2. ∞ Graf Nikolaus Adlerberg, Generaladjutant des Zaren Nikolaus I.
† 21. Juni 1888 München, ☐Tegernsee

Mutter: Fürstin Mathilde Therese von Thurn und Taxis (* 5. April 1773 Hannover; † 12. Februar 1839 Schloß Taxis); Schwester der Königin Luise
Vater: Graf Maximilian Emanuel von Lerchenfeld (* 17. Januar 1772 München; † 19. Oktober 1809 Kassel), bayerischer Gesandtschaftsrat am Immerwährenden Reichstag zu Regensburg
📖FZA, *MNN* (Nachruf)

☐ 1827/28 von Stieler gemalt, kurz nachdem Ludwig von seinem Besuch bei Goethe in Weimar zurückgekehrt war. Rote Blüte und Knospe auf der Brust deuten die Begehrlichkeit des Königs an. Blumen sind für ihn immer Symbole.

Ihre Mutter (Schwester der Königin Luise) wunderhübsch, verführerisch, keinem Ehebruch abgeneigt, in Regensburg dem bayerischen Reichstagsbediensteten Lerchenfeld in innigster Liebe zugetan, obwohl nur wenige Meter weiter ihr Mann, der Taxis-Fürst, residiert. Graf Schlitz beobachtet beide in Regenburg und schreibt 1806 über sie: »Diese Frau, mit Willen und Verstande ausgerüstet, hatte beiden für Diesen entsagt, und sein Benehmen gegen sie war das eines ungeberdigen Sultans.« Auf einer gemeinsamen Reise nach Paris im letzten Viertel 1807 Konzeption der Amélie, deren Bruder – aus derselben Verbindung – der nachmalige Graf Georg von Stockau (* 1806 Dresden) ist. Lockere Sitten in lockeren Zeiten, und es wird am Taxisschen Hof zu keiner Zeit der Versuch gemacht, die kleine Amélie der Öffentlichkeit als legitimes Kind der Fürstin zu präsentieren. So gibt man sie denn auch bald auf das Gut Köfering ihres Vaters.

Hier in der Nähe von Regensburg nennt man das Mädchen allgemein Amalie Stargard (nach den mecklenburgischen Besitzungen der mütterlichen Familie). Obwohl Vater früh stirbt, erhält sie eine vorzügliche Ausbildung. Ihr Liebreiz wird allgemein bewundert. Als sie dann mit 17 nach München kommt, liegt ihr die Männerwelt zu Füßen. Auffällig oft weilt das Mädchen in der russischen Botschaft an der Herzogspitalstraße, wo sich Geistesgrößen wie Carl Maria von Weber, Schelling usw. getroffen haben und König Maximilian I. Joseph am 12. Oktober 1825 seinen letzten Abend verbringt und dann in Schloß Nymphenburg stirbt. Exakt in diesem Jahr erliegt Amélie dem Werben des dortigen Geschäftsträgers Alexander von Kruedener. Er 41, sie 17. Nach dem Ringwechsel ein grandioses Tanzfest im neuen Ballsaal der Botschaft, den der Franzose Jean-Baptiste Métivier (*1781 Rennes) zwei Jahre vorher zu einem der schönsten Räume Münchens umgestaltet hat.

Dem Rausch der Hochzeitsnacht folgt indes schnell der nüchterne Alltag. Es stellt sich nämlich zu bald heraus: Der Lebenswandel der Braut unterscheidet sich kaum von dem der leichtlebigen Mutter! Und so wittert auch Ludwig bald feiste Beute im Palast an der Herzogspitalstraße. Er ist dort ab und zu Gast und läuft natürlich eines Tages der jungen Hausherrin über den Weg. Diese deutet ihm schon sehr provozierend ihre Reize an, und schnell ist es geschehen. Natürlich muß sie sofort von Stieler gemalt werden! Die rote Rose an der Brust verrät die Sünde.

Amélies Aufenthalt in München dauert allerdings nur bis 1836. In diesem Jahr wird nämlich Ehemann Kruedener nach Petersburg versetzt, wo Zar Nikolaus I. sofort hinter der nunmehr 28jährigen Regensburgerin her ist. Nach einem bewegten Leben kehrt sie schließlich als eine Frau mit Herz in die bayerische Heimat zurück. Im Nachruf in den *MNN* lesen wir: »Wer dieselbe gekannt, hoch und nieder, mußte sich von der liebenswürdigen Dame angezogen fühlen, die Armen verlieren an ihr eine stets helfende Mutter.«

4. Die widerspenstige Schauspielerin:

Charlotte Hagn

Die liebenswerte Tochter eines Kaufmanns-Ehepaars zeigt dem König, daß er über sie nicht nach Gutdünken verfügen kann und woanders eine Weltkarriere auf sie wartet

* 23. März 1809 München
∞ 1846 Alexander von Oven, schlesischer Gutsbesitzer; o/o 1851
➢ Zwei Kinder, die früh sterben
† 22./23. April 1891 München, ▢ Südlicher Friedhof

Mutter: Josepha Schwab († 1839)
Vater: Carl von Hagn (1786–1830), Kaufmann, der wegen seines Berufs den Adelstitel verliert
📖 *MNN* (Nachruf)

▢ 1827/28 von Stieler im Kleid der Thekla gemalt. Bild anschließend nach Weimar zu Goethe transportiert. Das Kreuz an der Brust deutet sicher auch auf die Einstellung der Trägerin hin, nicht willenlos den Gelüsten des Monarchen zu erliegen.

Schlagartig berühmt wird die 19jährige Charlotte Anfang 1828, als sie im Hoftheater als *Thekla* in *Wallensteins Lager* auftritt. Hellauf begeistert eilt Ludwig in ihre Garderobe. Es beginnt ein kurzes Liebes- und Verwirrspiel, das sich so heftig entwickelt, daß Klenze das Mädchen sofort in die bis dahin schon stattliche Reihe der ludovizianischen Mätressen einreiht. Aus seiner Feder entnehmen wir die Feststellung: »Sie ward bewundert, geliebkost, gemalt und besungen und dann wieder bekehrt.« Anschließend der Satz: »Aber es blieb bei ihr Hopfen und Malz verloren.« Denn zwischen Widerstreben und Nachgeben, zwischen *Wallensteins Lager* und Wittelsbachs Liege platzt diese Liebschaft zu bald. Offenbar wegen einer Affäre mit dem Sekretär der französischen Gesandtschaft! Natürlich schmerzt es den König, daß die Schauspielerin den Vorhang über das Liebeslager fallen ließ. Als die Gerüchte um beide und um Ludwigs Amouren in Italien 1828 nicht mehr verstummen, widmet er seiner Frau Therese ein Gedicht, in dem brühwarm steht: »Hätt' ich nicht Andere geliebt, liebte ich dich nicht so sehr.«
Die Liebe der hübschen Charlotte hat Ludwig verloren, doch das Bild von

Stieler gehört allein ihm. Und es gefällt ihm so gut, daß er es noch im Mai 1828 nach Weimar schicken läßt, um Goethe für ein Porträt zu gewinnen. Dessen Freund Eckermann notiert am 6. Juni dieses Jahres: »Goethe gewährte darauf Herrn Stieler alle gewünschten Sitzungen und sein Bild ward nun vor einigen Tagen fertig.« Das Kunstwerk (Neue Pinakothek) ist heute weltbekannt.

Schmerzlich berührt nun den König die Beliebtheit der »alle Herzen erobernden und Köpfe verdrehenden Charlotte« (Luise von Kobell). Und in dieser Rolle wächst auch ihr Selbstbewußtsein, das Ende 1831 zum Eklat führt. Dazu kurz die Vorgeschichte: Um Weihnachten erhält Ludwig einen Brief von der Aktrice, in dem er liest: »Heute nachmittag schickte der Intendant zu mir, mir zumuthend, die schwierige Rolle der Preziosa bis übermorgen zu spielen; ich studierte bis Nacht, sah aber leider die Unmöglichkeit ein, dieses zu leisten, ohne mich zu blamieren und öffentlich als anmaßend erklärt zu werden. Ich theilte meine Besorgnis voll Zuversicht meinem Vater mit, er, aber rauh, wie er immer ist, drohte mir anfangs: Du spielst Sonntags oder bist Montags für immer von der Bühne entfernt – fügte er noch andere Drohungen hinzu, die mich zu einer Bildsäule erstarrt machten.«

Darauf dreht der König durch und befiehlt: »Unter Androhung meiner Ungnade muß Schauspielerin Hagn sogleich aufgefordert werden, morgen die Präciosa zu spielen.« Das ist der Anfang vom Ende. Es folgen Gehässigkeiten von Seiten Ludwigs. Am 10. November 1832 erläßt er folgendes Signat: »Gegen die Schauspielerin Hagn ist wegen Verweigerung, die ihr übertragene Rolle zu spielen mit der im § 8 der Disciplinar-Satzung, und wegen ihres Benehmens gegen den Intendanten mit den § 1 derselben bestimmten Strafen zu verfahren.« Folge die Aktrice nicht, »so sind dieselben Strafen in erhöhten Maße zu verhängen«.

Welch ein Schmierentheater! In seiner Verblendung merkt Ludwig nicht, daß nicht er, sondern das schöne Mädchen die Hauptrolle spielt. So verläßt die Hagn unverzüglich die königliche Hofbühne. Und das, obwohl ihr der Liebhaber von einst mitteilen hatte lassen, »daß sie doch nicht glauben wird, ich würde ihrem Bruder eine Freystelle in einer Anstalt ertheilen, wenn sie in fremde Dienste sich begibt«. Fieser und mieser geht es wohl nicht mehr!

Vor der schönen Hagn steht nunmehr eine glänzende Karriere in Berlin und Petersburg. Als sie von der ebenfalls berühmten Schauspielerin Karoline Bauer (* 1807 Heidelberg) in Petersburg gesehen wird, schreibt diese, »daß der Ruf von ihrer Schönheit, Anmuth, Grazie und Liebenswürdigkeit nicht zu viel gesagt hatte«. Der Hagn zu Füßen liegt auch Zar Nikolaus I., der sie in sein Winterpalais lädt. Dazu Karoline Bauer: »Sie fuhr hin in der verführerischsten Toilette – und kehrte geküßt und beglückt von der kaiserlichen Gnadensonne zurück.«

Europaweit ist das Publikum so von der hübschen Münchnerin hingerissen, daß sich Ludwig am 22. November 1844 zum Einlenken bereit erklärt: »Gnade will ich für Recht da ergehen lassen und Charlotte von Hagn, obgleich Ausreißerin von meiner Hofbühne, die beantragten Gastrollen gewähren.« Ein Theaterkritiker spricht von der »glänzendsten Erscheinung des deutschen Lustspiels«. Und wie findet der Liebhaber von einst die nunmehr berühmte Frau, die er am 13. März 1848 in München trifft? »Ihr Porträt ist in meiner *Schönheitengalerie*. Ich war überrascht, sie so häßlich und alt zu sehen.« Charlotte ist gerade 38, und im soeben erschienenen *Conversations-Lexikon* (Leipzig) wird sie als »reizendste Persönlichkeit« geschildert und »ihre Grazie und Genialität im geselligen Kreise« gepriesen. Auf Haß ist eben nie Verlaß!

Wie Klenze mitteilt, findet die Hagn in der Fremde zwar »nicht Bekehrer, doch beßre und so gute Bezahler, daß sie sich bedeutendes Vermögen erwarb«. Als er sie dann nach ihrer Rückkehr wieder sieht, schreibt er: »Wenn auch nicht mehr jung und schön, war sie doch liebenswürdig und verführerisch geblieben.« Die Preislieder auf sie erklingen aus tausend Kehlen, nur die des einstigen Liebhabers fehlen!

Ihren Lebensabend verbringt die Hagn in einer der besten Wohnungen des Königreichs, über den Arkaden des Hofgartens. Einsam stirbt sie im hohen Alter. Keine Todesanzeige in den *Münchner Neuesten Nachrichten* (MNN) und nur eine kurze Meldung über »die berühmte und einst viel gefeierte Schauspielerin«. – Der von Ludwig oben erwähnte Bruder Charlottes ist Ludwig Hagn (* 1819 München), ein damals berühmter Maler. Ihre Schwester Auguste (* 1818 München) wird ebenfalls Schauspielerin und steht auf der Berliner Bühne.

5. Bella, die erfrischend schöne Morgenröte:
Isabella von Tauffkirchen

Die junge Tochter einer alten Grafendynastie feiert mit dem König lustige Tanz- und Faschingsfeste und heiratet schließlich nach Polen, wo sich dann ihre Spur verliert

* 11. März 1807 München
∞ 20. April 1830 Graf Hektor Julian Roman von Kwilecky (* 27. Februar 1801 Kwiltsch; † 30. August 1843)
➢ Eine Tochter, ein Sohn
† 13. Juli 1855

Mutter: Maria Anna von Lodron-Laterano († 1850)
Vater: Joseph Maximilian von Tauffkirchen auf Guttenburg († 1858)
📖 Kneschke, Oertzen

▢ 1828 malt Stieler die Tauffkirchen, zur selben Zeit wie die Opernsängerin Katharina Sigl (1804–1877), die 19. Mätresse des Königs (heute Neue Pinakothek). Die Farben Rot (Hut und Mieder) und Weiß (Teint) deuten möglicherweise die kurz darauf erfolgte Hochzeit mit dem Grafen Hektor aus Polen an.

Die erste Dame adeligen Geblüts in der *Schönheitengalerie*. Aus einem bayerischen Geschlecht, das Amouren und Abenteuer ebenso kennzeichnen wie Ausbeutung und Aufklärung! Einem Herrn des Clans gelang es nach neueren Forschungen 1798 sogar, die Kurfürstin Maria Leopoldine (* 1776 Mailand), immerhin die Landesmutter, zu verführen und ihr ein Kind anzuhängen. Sie sollte dieses nach dem Willen ihrer Verwandten und der Hofschranzen als das ihres greisen Eheherrn Karl Theodor ausgeben, weigerte sich aber standhaft. Hätte sie es getan, wäre Tauffkirchen durch eine Bettgeschichte auf den Bayernthron gelangt!

Natürlich weiß Ludwig um diese Vorgänge Bescheid, und so kann man seine besondere Affinität zu den Tauffkirchen auch verstehen. Zumal wenn sie so reizend wie Isabella ist, die er nur Bella (= die Schöne) nennt. Er kennt das Kind schon lange vom Elternhaus an der vornehmen Prannerstraße her. 1827 lädt er sie zum Fasching (*Römischer Carneval*) in die Residenz ein. Der Maler Franz Xaver Nachtmann (* 1799 Obermais) hält die Szene fest. Ganz rechts erscheint in südlichem Gewand die 18jährige. Über ihrem Haupt ihr Name! Ihre dunklen Haare sind genauso angeordnet wie auf dem Bild Stielers. Sie ist von hohem Wuchs und gertenschlank. Ohne Zweifel gehört sie zum engeren Kreis der hübschen Schar königlicher Gelüste.

Drei Jahre nach diesem Faschingsvergnügen zieht die Tauffkirchen mit ihrem Gatten Kwilecky nach Polen. In München hört man nichts mehr von ihr, lediglich von ihrer Verwandtschaft. Ein jüngerer Graf Tauffkirchen (möglicherweise Isabellas um drei Jahre jüngerer Bruder Max) folgt dem König gerne in den Venusberg. Als er sich um 1841 bei einer Schönheit (Constanze Dahn?) zu eindeutigem Zwecke aufhält, fällt ihm ein Billet Ludwigs I. in die Hände. Darauf der Termin des nächsten Rendezvous: »Heute Abend um acht Uhr, aber ohne Corset.« Man sieht, die *Schönheitengalerie* spiegelt eine Genre, das schon sehr an die schwüle Atmosphäre eines Harems erinnert.

6. Die Veilchenwürdige im roten Samtkleid: Christiana Caroline von Vetterlein

Grazil wie eine Fürstin und Fee präsentiert sich der Sproß eines Staatsrates und der Tochter des Hofgärtners von Bayreuth in der Residenz dem Monarchen und seinem Maler

- * 25. Dezember 1812 Münchberg/Oberfranken
- ∞ 10. Oktober 1843 Freiherr Franz Ludwig von Künsberg zu Schmeilsdorf (* 1785), Landwehrbezirks-Inspekteur und Rittergutbesitzer
- ➢ Eine Tochter
- † 5. März 1862 Schmeilsdorf bei Kulmbach

Mutter: Schneider, Vorname unbekannt, Hofgärtnertochter aus Bayreuth
Vater: Johann Carl von Vetterlein, Staatsrat im Obermainkreis (Oberfranken), Regierungsdirektor
📖 Kneschke, *Hof- und Staatshandbuch*

☐ 1828 von Stieler fertiggestellt, kurz bevor König Ludwig sein letztes legitimes Kind (Adalbert) bekommt. Auffallend auf dem Gemälde das rote Kleid (der Liebe) und die Veilchen (Blume der Intimität). Der Vorname Cornelia ist laut Stammmbaum Künsberg falsch.

Als könnte kein Wässerchen die Schöne aus Franken trüben, so unschuldig zart präsentiert sie uns Stieler. Doch wer Ludwig und seinen Sinn für Symbolik kennt, weiß sofort, da weicht sehr schnell die Zierde der Begierde. Man könnte noch über das rote Kleid der Liebe hinwegsehen, doch die Veilchen in den Händen der blutjungen Dame lassen keinen Zweifel mehr.

Dieser Frühlingsbote ist schon immer eine Liebeserklärung ohne Worte! Goethe steckt das Veilchen der geliebten Bettina in den Busen, den er so gerne streichelt. Er schreibt ein Gedicht über das Blümelein: »Bis mich das Liebchen abgepflückt/Und an den Busen matt gedrückt ...« Und Heine bringt die Bedeutung des Symbols auf den Punkt: »Schamlos wie Metzen lachen dort die Veilchen.« Zum Verständnis: Eine Metze ist ein moralisch bedenkenloses Frauenzimmer

Ludwig selbst schickt das Veilchen der Ellenborough, Florenzi und Lola Montez, die ihm alle drei gerne und unverzüglich die sechste Bitte erfüllen, wie wir noch sehen werden. Die eindeutige Wertschätzung der kleinen Blume entnehmen wir auch seinen vielen Gedichten: »Die Tulipane (= Tulpe) läßt kalt, aber das Veilchen entzückt«, schreibt er um 1828 einer uns unbekannten Geliebten.

Als Christiana Caroline vor Joseph Stieler sitzt, zählt sie gerade mal 15 Lenze. Warum Vater Johann Carl von Vetterlein in diesem Jahr schon dem Rat im Obermainkreis (heute Oberfranken) angehört und in Bayreuth Wohnung bezieht, hängt möglicherweise mit der Beziehung seiner Tochter zu seinem König zusammen. Er wird auch befördert und ist 1843 laut *Hof- und Staatshandbuch* der Direktor der Finanzkammer in Bayreuth.

Im gleichen Jahr heiratet seine schöne Tochter (15 Jahre nach der Vollendung ihres Porträts) den doppelt so alten Freiherrn und Landwehr-Bezirksinspektor Franz Ludwig von Künsberg, dem sie im Jahr nach der Hochzeit eine Tochter (Caroline) schenkt.

7. Die Ehr- und Unerreichbare von der Sendlinger Straße:

Regina Daxenberger

Die Tochter des geachteten Kupferschmiedes Mathias Daxenberger hat in München mehrere Eisen im Feuer und entscheidet sich dann für einen treuen Begleiter des Königs

* 2. Januar 1811 München (Sendlinger Straße)
∞ 1832 Heinrich Farmbacher, Kabinettssekretär
➢ Zwei Töchter und drei Söhne
† 16. November 1872 München, ☐ Südlicher Friedhof

Mutter: Maximiliana Leuthner
Vater: Mathias Daxenberger († um 1835), Kupferschmied an der Sendlinger Straße
∞ 1806

📖 Oertzen, Häuserbuch, NN (Todesanzeige)

☐ 1829 glückt Stieler dieses besonders schöne Bild. Das Riegelhäubchen kennzeichnet Regina als Münchner Bürgermädel, die Farben Weiß (Teint) und Blau (Kleid und Gürtel) weisen sie als Bayerin aus, die roten Rosen im Glas zu ihrer Rechten deuten natürlich die Liebe des Königs an.

Eines der zauberhaftesten Mädchen der Residenzstadt, voll Charme und Witz, begehrt von dem König und Kavalieren aller Schichten. Ludwig vorgestellt wird sie an seinem 42. Geburtstag (25. August 1828) im Münchner Odeon, wohin er zu einem Festball lädt. In der *Augsburger Abendzeitung* lesen wir: »Seine Majestät geruhten, den Ball mit einer Polonaise zu eröffnen, wobei die Tochter des ersten Herrn Bürgermeisters, Fräulein von Mittermair, die Ehre hatte, von Seiner Majestät geführt zu werden.« Weiter vernehmen wir, daß der Herzog Max in Bayern, Vater der Kaiserin Elisabeth (*Sissi*), »die Bürgerstochter
Jungfer Daxenberger« geleitet. Ein farbenprächtiges Bild, das die Zeitung so umschreibt: »Die schönen jungen Münchnerinnen waren in ihrer gewöhnlichen bürgerlichen Tracht reich gekleidet, und trugen goldene Ringelhauben.«

Kaum ist die Ballmusik verklungen, wird die 17jährige Regina (= Königin) vom König gefragt, ob sie Meister Stieler Modell sitze. Vater Mathias, der 1806 als Hammerschmiedssohn von Altenmarkt in das Haus eingeheiratet hat, plagen da keine Bedenken. Er geht an der Sendlinger Straße (neben dem heutigen *Konen*) seinem Beruf nach. Über der Werkstatt wohnt er mit seiner Familie. Hier erblickte auch Regina das Licht der Welt.

In der hübschen Biedermeierwohnung wird nun Regina oft von dem königlichen Kabinettssekretär Heinrich Farmbacher besucht. Wahrscheinlich im königlichen Auftrag. Wie dem auch sei, der junge Mann verliebt sich jedenfalls auch in die Tochter des Hauses. Und beide Herren mögen auf ihrer gemeinsamen Reise nach Italien 1829 von dem netten »Riegelhäubchen«, wie man die schöne Münchnerin damals nennt, schwärmen. Ludwig hat aber im Süden andere Damen, und somit keine Einwendungen gegen eine Hochzeit. Seine Worte am 25. November 1830: »Diese Wahl scheint mir in jeder Hinsicht sehr gut, der ich gar nichts gegen diese Verehelichung habe und des treuen Farmbachers Glück wünsche.«

8. *Die schönste Jüdin Münchens:*

Nanette Kaula

Das Töchterlein eines Hofagenten heiratet in die Familie des geachteten und geächteten Heinrich Heine, des Erzfeindes Ludwigs, und verscherzt es sich deshalb mit dem Thron

* Januar 1812 München
∞ München, 1838 Salomon Joseph Heine (†1862/63), Bankier und Großhändler
➢ Keine Kinder
† 29. November 1876 München, ⬜Südlicher Friedhof
Mutter: Josephine (auch Josepha) Pappenheimer
Vater: Raphael Kaula, Hofagent († 1832)
📖 *NN* (Todesanzeige), Häuserbuch

⬜ Bildnis 1829 von Stieler vollendet. Ganz markant der goldene Pfeil des Liebesgottes Amor im Haar der Hübschen. Man geht sicher nicht fehl, wenn man die Säule links zum Tempel der Aphrodite zugehörig interpretiert.

»Die schönste Jüdin Münchens« mit dem Goldpfeil im dunklen Haar. Auch über dieses Symbol muß man nicht lange diskutieren. Ludwig kennt eben keinen Unterschied zwischen Konventionen und Konfessionen. Schönheit triumphiert in jedem Falle über Taufschein und Gesangbuch.

Freilich, 1829 kann der König noch nicht wissen, daß Nanette einmal in die Familie des ihm verhaßten Dichters Heinrich Heine einheiraten wird. Dieser wohnt just in der Zeit der Porträtierung in München, hofft auf eine Professur, die ihm aber die Majestät wegen seiner Freiheitsgedichte und -bestrebungen nicht gibt. Und so wendet sich der Poet des *Jungen Deutschland* voll Verachtung ab von München und Monarch. Seine Spottverse über den König machen europaweit die Runde. Ein Beispiel: »Sobald auch die Affen und Känguruhs/Zum Christentum sich bekehren,/Sie werden gewiß Sankt Ludewig/Als Schutzpatron verehren.« Einmal läßt Heine gar die Gottesmutter Maria sagen, sie hätte beim Anblick des Bayernkönigs »einen Wechselbalg statt eines Gottes geboren«.

So erklärt sich auch, wenn der König schnell der Nanette den Rücken zukehrt. Bei einem Treffen viel später sagt sie zu ihm, er habe sie einmal für die *Schönheitengalerie* malen lassen. Und er antwortet schon sehr ungalant: »Tät's jetzt nimmer.« So jedenfalls erzählt man es noch lange in der jüdischen Gemeinde der Landeshauptstadt.

Den Kaulas gehört eines der schönsten Bürgerhäuser (an der Salvatorstraße) in München. Es steht noch heute und beherbergt das Kultusministerium und die Buchhandlung *Hugendubel*. Vater Kaula, der im Adreßbuch von 1818 als Großhändler ausgewiesen wird, erwirbt es um 1813. Nach seinem Tod 1832, erbt es seine einzige Tochter Nanette, die es als Witwe um 1862 dem *Münchner Herrenclub* verkauft. Nanette lebt noch bis zum 29. November 1876. Als die Münchner die Todesanzeige der »Nanette Heine, geborene Kaula, Privatiers-Witwe« lesen, erinnern sich viele auch des großen Dichters, der vor 20 Jahren in Paris gestorben ist.

9. Die eiserne Jungfrau vor dem Liebfrauendom:

Anna Hillmayer

Die etwas mollige Tochter eines Wildprethändler-Ehepaars im Rosental zeigt dem königlichen Schürzenjäger, daß sie keine feiste Beute männlicher Begierden sein will

* 17. August 1812 München
† 17. August 1847 München
Eltern: Keine näheren Daten
📖 Oertzen

☐ 1829 von Stieler als unberührbare Jungfrau mit einem roten Gebetbuch vor der Münchner Kirche der Jungfrau Maria (Liebfrauendom) gemalt. Das Riegelhäubchen im dunkelblonden Haar Annas weist sie als eine Münchnerin aus.

Gerne hätte sie Ludwig I. zu seinem Schätzchen erkoren, doch sie lehnt dankend ab. Für seine Galerie erachtet er sie allerdings für unentbehrlich. Ganz München schwärmt von ihrem Charme und verschmitzten Lächeln. Er aber gibt nicht auf und läßt sie zum Zeichen seiner Sehnsucht im grünen Kleid der Hoffnung malen. Umsonst! Und so versieht Stieler die Verschlossene sehr schnell mit den Attributen der Heiligkeit.

Über Anna Hillmayer haben wir einen Kurzbericht aus der Feder des Dichters August Lewald (* 1892 Königsberg), der uns wissen läßt: »München muß immer ein schönstes Mädchen haben.« Über die Hillmayer speziell schreibt er: »Die schöne Wildpretstochter erschien gewöhnlich an der Seite ihrer Mutter, welcher sie sehr ähnlich sah, und deren plumpe, gealterten Züge daher den jugendlichen der Tochter nicht eben zur Folie dienten. Die Augen waren ohne Ausdruck, der Mund gekniffen, die Nase aber edel, feingebogen, und vor Allem die Haut, hier das Fell genannt, überaus zart, durchsichtig und schön gefärbt.«

Schließlich die nicht gerade schmeichelhafte Charakteristik der jungen Hillmayer: »Das Benehmen, der Gang, die Haltung dieser Schönheit war jedoch auffallend steif und gemessen; die natürliche Grazie, welche sonst den Riegelhäubchen angehört, war ganz verschwunden, wahrscheinlich eine Folge des Hochmuths, sich auf eine zierlichere, ausgezeichnete Weise benehmen zu wollen, die dann in unangenehme Geziertheit ausartete.«

Von dem Mädchen hört man nach dem Korb, den sie Ludwig gegeben hat, nicht mehr viel. Heute erlaubt uns das Bild Stielers einen klitzekleinen Einblick in das romantische München. Wir sehen rechts vom Liebfrauendom schmucke Häuser mit hohen Schieferdächern und zierlichen Gauben. Aus dieser ihrer Geburtsstadt kommt Anna Hillmayer kaum mehr heraus. Nummer neun unserer Galerie stirbt unvermählt exakt an ihrem 35. Geburtstag.

10. Die Schöne Münchnerin *aus dem Chiemgau:*

Helene Sedlmayer

Stieler erhebt die Tochter eines Trostberger Schuster-Ehepaares nach dem Münchner Kindl im Ordenshabit zum zweiten klassischen Symbol der königlichen Residenzstadt

* ⁎ 12. Mai 1813 Trostberg
* ∞ München (Liebfrauendom), 1832 Hermes Miller (⁎ 22. März 1804 Reisenburg bei Günzburg; † 7. Mai 1871 München), Sohn des Chirurgen Mathias Miller und dessen Frau Crescentia, geborene Neher, königlicher Hofbediensteter
* ➤ Ein Mädchen und neun Buben
* † 18. November 1898 München, ⬜ Südlicher Friedhof

Mutter: Maria Crescentia Singer (⁎ 16. Juni 1777; † 13. Mai 1817 Trostberg), Färbertochter aus Grafing
Vater: Johann Michael Sedlmayer (⁎ 10. September 1760 Mühldorf; † 13. Mai 1817 Trostberg), Schuhmachermeister
∞ Mühldorf, 14. April 1806
📖 Auskünfte und Archiv Angelika Boese (Nachfahrin), *MNN* (Todesanzeige, Nachruf)

☐ 1830/31, Stielers erstes Bild nach der Juli-Revolution, die den König zu hartem Durchgreifen gegen Andersdenkende veranlaßt, was in krassem Gegensatz zu der unschuldigen Miene der Münchnerin (mit Riegelhäubchen) steht. Die Tracht des Mädchen ist im ganzen 19. Jahrhundert und noch später die klassische Kleidung der Hübschen in der Landeshauptstadt. Familienname nicht einheitlich (auch Sedlmayr, Sedelmayer etc.).

Die bekannteste Dame der *Schönheitengalerie* ist zweifellos die Trostberger Schustertochter Helene, kurz *Die Schöne Münchnerin* genannt. Sie kommt mit 15 nach München und tritt als Verkäuferin in den Parfümerie- und Galanterieladen des Johann Auracher an der Theatinerstraße (Adreßbuch der Residenzstadt) ein. Als solche wird Ludwig I. auf sie aufmerksam, der in seiner Begeisterung außer Rand und Band gerät. In seinen Gedichten verrät er seine Bewunderung: »Die Augen liebeschwimmend, sehn mich an. Du neigest Dich zu mir, Du nahest, schwebest, die Arme dehn ich aus, Dich zu umfa(hre)n!«

Ob es beim »Umfa(hr)n mit den Armen bleibt oder er auch die Hände ins Spiel bringt oder nicht, darüber gibt es von Anfang an rege Diskussionen. Natürlich kommt der königliche Poet in seiner Residenzstadt schnell ins Gerede, zumal er beileibe keine Enthaltsamkeit kennt und das Gerücht standhaft geht, Helene sei wegen ihres Umstands schnell verheiratet worden. Man erzählt auch, der König habe ihr zur Hochzeit, die im Münchner Liebfrauendom stattfindet, ein Vermögen versprochen. Dies alles ist deswegen kritisch zu sehen, weil darüber hinaus über die Schustertochter ein arger Stiefel zusammengeschrieben wird.

Begeben wir uns auf gesicherten Boden! Vom Jawort mit dem Lakaien Miller an genießt Helene in München eine ungewöhnliche Popularität. Journalisten und Dichter nehmen sich ihrer an. Eine der schönsten Würdigungen stammt von dem bereits erwähnten August Lewald. Er schreibt in seinem *Panorama von München*: »Das Aurachermad'l konnte für ein Bild der Unschuld, Gutmüthigkeit und Züchtigkeit gelten. Die Augen lagen etwas tief, waren aber dunkel und ausdrucksvoll, das Mädchen war fein, und wenn je Lippen verdient hatten, mit einem Pupurkirschenpaar, oder noch besser, mit Rosenknospen verglichen zu werden, so waren es diese. Das Mädchen sah im Putze des Sonntags mit dem Silberhäubchen auf dem rabenschwarzen Haar wirklich allerliebst aus. Aber auch diese hob die Augen fast nicht vom Boden, und ging nie ohne sichtbare Bewegung an gaffenden Männern vorüber. Als Folge der durch das Malen erlangten Celebrität.«

Das Prädikat *Die Schöne Münchnerin* bleibt der liebreizenden Helene bis in das hohe Alter, das sie zusammen mit ihrer Tochter Therese und deren Mann, dem Bildhauer Michael Wagmüller (* 1839 Regensburg), verbringt. Ab und zu besucht sie auch der abgedankte König im einfachen Straßenanzug. Die noch immer attraktive Frau Miller überlebt den »alten Mann«, der sie unsterblich gemacht hat, um genau drei Jahrzehnte.

Und als die Schustertochter aus dem Chiemgau 1898 im Alter von 85 Jahren stirbt, widmen ihr die Zeitungen lange und schöne Nachrufe. »Ihr Name ist dadurch weithin bekannt geworden, daß sie in der Schönheitsgalerie in der königlichen Residenz in München Aufnahme fand«, liest man in den *Münchner Neuesten Nachrichten*. Als Kinder unterzeichnen die Todesannonce: Max Miller (Hofgärtner in Aschaffenburg), Adolf Miller (Hotelbesitzer in Berchtesgaden), Michael Miller (Tapezierer in München), Otto Miller (keine Angabe) und Tochter Therese Wagmüller (Professorswitwe).

11. Das tragische Opfer eines Prestigekampfes:

Amalia von Schintling

Die nicht unbegründete Befürchtung, Ludwig könne das Mädchen vom Atelier ins Separée bewegen, spaltet die Familie und wird der Heißbegehrten zum Verhängnis

* 9. August 1812 München

† 22. Dezember 1831 München

Mutter: Freiin Theresia von Hacke
Vater: Freiherr Carl Lorenz von Schintling (* 1780), Major im Generalstab
📖 Kneschke, Gotha

☐ Bildnis 1831 von Stieler fertiggestellt, in dem Jahr, in dem der Maler seinen 50. Geburtstag feiert. Die Gewitterstimmung deutet auf die wenig erfreulichen Umstände bei der Entstehung des Porträts hin.

Eine rassige Schönheit, die Brust erhoben über einem roten Tuch, dunkle, selbstbewußte Augen, kurzum ein himmlisches Wesen! »Eine wirkliche Schönheit in jeder Beziehung«, wie sich Auguste Escherich (* 1808 Bozen) in ihren Memoiren ausdrückt. Gemalt zu einem Zeitpunkt, als der gerade erwähnte Lewald aus Königsberg schreibt: »Selbst der kunstliebende Monarch hat bekanntlich eine kleine Gallerie solcher Münchener Schönheiten von seinem Hofmaler ausführen lassen.«

Doch der Reiz der hübschen Amalia weicht schnell einer Tragödie. Was passiert? Vater Carl Lorenz hat einen jüngeren Bruder namens Carl Friedrich (* 1789), dessen Sohn (Friedrich von Schintling) unsere Schönheit Amalia, seine Cousine also, über alles liebt. Er ist in Regensburg stationiert und hat nach Darstellung seines Vaters Carl Friedrich erfahren, daß der Wittelsbacher auf dem Thron sie in seine Galerie aufzunehmen gedenkt. Das wäre nun nicht das schlimmste, aber dem Cousin wurde auch zugetragen, daß sein König auch auf etwas anderes spekuliert als nur auf ein schönes Bild und einige der bereits von Stieler porträtierten Damen es mit ihrem guten Ruf nicht so genau genommen hätten. Der junge Liebhaber aus Regensburg wehrt sich somit entschieden gegen das Ansinnen Ludwigs.

Doch der königstreue Vater der Amalia widerspricht ebenso energisch und bittet das Töchterlein, den Wunsch der Majestät zu erfüllen. So steht das hübsche Mädchen im Herbst des Jahres 1831 Modell. Der wütende Bräutigam indes schreibt: »Über den fraglichen Gegenstand waren Debatten, die mich in den fürchterlichsten Zustand versetzten. Ich muß ein Opfer bringen, das unerhörteste. Amalia wird gemalt, und mein Widerstand hat die größten Szenen hervorgebracht.«

Um ja jede Annäherung des Königs auszuschließen, ist dann im Atelier die Mutter immer dabei, was Majestät schließlich sehr verdrießt. Da wird der König eines Tages grob und sagt nach Auskunft der Escherich zu Frau von Schintling: »Wie kann eine so schöne Tochter eine so häßliche Mutter haben?« Die so Angesprochene gibt sofort die Antwort: »Ein Spiel der Natur, Majestät! Ein lustiges Spiel der Natur!« Darauf der König: »Sie haben Witz, liebe Schintling, das ist mehr wert als Schönheit!« Von da an läßt er Mutter und Tochter in Ruhe.

Schließlich eine arge Peinlichkeit: Der Bräutigam muß den König um die Heiratserlaubnis ersuchen. »Ein bitterer Schritt«, so schreibt er, »allein er gilt wirklich der Erhaltung meiner lieben Amalia, die ich erst jetzt genau kennen lernte.« Inmitten der ganzen Aufregung erkrankt plötzlich die Schönheit und erliegt noch im Jahr ihres Auftritts im Atelier Stielers einem tückischen Lungenleiden. Ganz München trauert um dieses liebenswerte Mädchen.

12. Die königliche Dauerflamme aus Colombella:
Marchesa Marianna Florenzi

Wahre Liebesdramen mit totaler Hingabe und bitterer Rache spielen sich zwischen Ludwig und Italiens Schönheit ab, die ihm fast(!) immer das gewährt, was er begehrt

* 9. November 1802 Ravenna
1. ⚭ 1819 Marchese Ettore Florenzi († 1833) aus Perugia
➤ Eine Tochter von Florenzi und Sohn Ludovico (1821–1896) von König Ludwig I. von Bayern
2. ⚭ Mai 1836 Lord Evelyn Waddington
† 15. April 1870 Florenz
Mutter: Contessa Laura Rossi
Vater: Conte Pietro Bacinetti
📖 Klenze, *Enciclopedia Italiana*

☐ 1831; Stieler malt das Bild aus Anlaß des Besuchs der schönen Italienerin in München. Sie sitzt auf einem goldenen Fauteuil – tief dekolletiert vor einer italienischen Landschaft (mit Pinien). Die Gewitterwolken links deuten die Peinlichkeiten in der Residenz an.

Ludwigs längste Liebe, der ein Sohn (Ludovico) entspringt und die einen gigantischen Briefwechsel zur Folge hat! Die Romanze beginnt im römischen Karneval 1821, also noch in der Kronprinzenzeit, als plötzlich das schönste Geschöpf der Welt angetanzt kommt, die 18jährige Marianna. Im Palazzo Venezia beginnt ein Liebesdrama, das Himmel und Hölle vereinigt, Flüche und Ehebrüche, Lust und Leid, wie es die besten Dichter nicht schöner erfinden könnten. Die Stationen dieses Faschingsglücks sind die Ballsäle, der Corso und die Separées der Palazzi. Ludwig und Marianna flanieren und flirten durch irdische und göttliche Gefilde. Auch die junge Dame hat das Recht auf einen Cicisbeo, er nimmt es sich und ist von ihrer leiblichen Schönheit, ihrem Liebreiz und ihrer Begierde so trunken, daß er Goethes *Römische Elegien* und das Wort über die »sicheren Küsse« vergißt. Die Ball- und Bettgespielin wird auf der Stelle schwanger.

Der Taumel überlebt auch den Aschermittwoch, an dem der verliebte Wittelsbacher dichtet: »Ist gleich erloschen das Fest, glänzt im Gemüthe es noch.« Man kutschiert vergnügt durch die Straßen, kauft und kehrt ein. Und er meint: »So ward Liebe von dir, Schönste, beseligend mir.« – »Selige Tage in Rom, ihr seyd mir die Blüthe des Lebens.« – »Bin ich der glücklichste doch! Liebend geliebt zugleich.« – »Also lebe ich nur, denk ich, Geliebte an dich.«

Anfang März 1821 ist sich dann die 18jährige sicher: Sie erwartet von Ludwig ein Kind. Und dieser schwärmt: »Es fließet in das Leben neues Leben.« Eindeutiger kann man sich nicht äußern! An anderer Stelle bekennt er: »Liebend leb ich und lern, säe und ärndte auch Frucht.« Der Wittelsbacher hat nun die sichere Gewißheit, daß er in diesem Jahr 1821 Vater zweier Kinder zweier Mütter wird. Am 12. März gebiert ihm seine Therese Sohn Luitpold, den späteren Prinzregenten, Ende Oktober seine Marianna einen Ludovico. Als er am 30. April gen Norden kutschiert, trauert nicht nur die schöne Geliebte, sondern auch die gesamte Künstlerschar ihrem Mäzen nach. »Es wird nun wieder leer hier«, schreibt Maler Schnorr von Carolsfeld am 3. Mai. Marianna könnte es nicht besser ausdrücken!

Und so bringt beide bald wieder die Sehnsucht zusammen. Als es im Herbst 1823 dann abermals nach Rom geht, begleitet Architekt Klenze seinen Herrn. Erstes Ziel: Schloß Colombella bei Perugia, wo der Kronprinz die Reisegesellschaft anweist, »gehörige Toilette zu machen, um bei einem Diner en règle erscheinen zu können«. In der Zwischenzeit eilt er selbst in das Frauengemach der Schloßherrin Marianna Florenzi. »Ich liebe Sie wahnsinnig und leidenschaftlich«, sind seine ersten Worte.

Dann steht der ahnungslose Architekt vor dieser Dame, die in wenigen Tagen ihren 21. Geburtstag feiert. Ihm läuft es heiß und kalt über die Schultern: »Ich gestehe, daß ich vor dieser wahrhaft himmlischen Schönheit ganz ergriffen stehen blieb.« Ludwig spricht von jetzt an offen mit Klenze über »die unnennbare

Gewalt der Liebe, welche ihn zu der schönen Marianna hinzog«. Und der Begleiter berichtet weiter: »Augenscheinlich wuchs aber diese Liebe täglich bis zu einem wahrhaft erschreckenden Grade und absorbirte für den Augenblick jedes andere Gefühl, jeden Pulsschlag und Athemzug.« Drei Tage lang ein einziges Flirten und Händchenhalten! Untertags schaut man sich Perugia an, abends nimmt man an diversen Festen teil, »deren Centralpunkt und Sonne die schöne Marquise und deren einzige Triebfeder die Liebe des Kronprinzen war«.

Dann geht es ohne Marianna nach Rom. Sie kommt nach, wurde fest ausgemacht. Als man am 2. November 1823 von den Höhen die römischen Kuppeln sieht, singt Ludwig mit Goethe: »Eine Welt zwar bist du, o Rom; doch ohne die Liebe/Wäre die Welt nicht die Welt, wäre denn Rom auch nicht Rom.« Und so lauschen wir wieder und weiter Klenze! »Es begann nun das alte Leben in Rom, einsame oder gemeinschaftliche Spaziergänge, Besuche von Kirchen, Ruinen, Denkmalen und Ateliers wurden bald durch häufige Erinnerung an die schöne Marianna gewürzt.«

Was der schreibende Architekt nicht kennt, sind die Liebesbriefe der Frau aus Colombella, die Ludwig in Rom empfängt. Einmal meint sie: »Es kommt mir vor, als sähe ich Sie noch, und hörte Sie sagen, daß Sie mich lieben. Und ich? Bei mir ist es das erste und einzige Mal, daß ich liebe.«

Bald trifft dann die Heißgeliebte und -ersehnte ein, und der Kronprinz handelt wie der Dichterfürst: Vom Körper müssen »Juwelen und Spitzen, Polster und Fischbein alle zusammen herab, eh er die Liebliche fühlt« (*Römische Elegien*). Staunend steht Klenze vor dem Paar und erzählt: »Es ist allerdings nicht zu leugnen, daß ein solches Leben in Rom für Jemand, der mit Gefühl, Bildung und offenem Sinn für Schönheit der Natur und Kunst begabt ist, wohl das Höchste genannt werden kann, was irdische Genüße darbieten können.«

Zu den Hauptbeschäftigungen des Tages gehören bald die Sitzungen zum Gemälde der Geliebten. Den Pinsel führt der gerade in Rom weilende Heinrich Heß (*1798 Düsseldorf), der von Klenze vorgeschlagen wurde. So entsteht ein Bild (Neue Pinakothek) mit vielen versteckten Anzüglichkeiten. Einige Details: Neben Marianna fällt sofort das uralte Symbol der liebenden Frau auf, der Brunnen, deren beide Becken ständig empfangen. So sitzt denn auch die Mätresse geneigten (!) Hauptes vor dem Pincio-Brunnen. Welch eine Metapher, der gleich die nächste folgt! Ihr rotes Kleid der Liebe ist von oben bis unten geöffnet, darunter blitzen Dessous hervor. Ein Handgriff, und die 21jährige zeigt ihre körperlichen Reize, die Ludwig so schätzt.

In Händen hält die Hübsche auch ein dunkelblaues Veilchen, für Ludwig ein Leben lang das Symbol der Liebe, der körperlichen und seelischen Harmonie, der letzten Hingabe. Wenn für ihn keine Veilchen mehr blühen, ist die Liebschaft beendet, wie wir seinen Schriften entnehmen. Das Genre freilich gehört einer alten Tradition an, wie wir bereits gesehen haben.

Vor die hübsche Marianna setzt Maler Heß einen Topf mit einer Hortensie, die Japanische Rose, wie uns das *Conversations-Lexikon* (1846) aufklärt. Dieser asiatische Import blüht zu diesem Zeitpunkt etwa so lange in Rom wie Marianna jung ist und gilt sofort als edles Geschenk für das Liebste, das man hat. Schließlich der Gipfel der Verherrlichung: Heß malt Marianna in der Pose der allmächtigen Minerva, die man in der Ewigen Stadt ganz einfach Roma nennt. Auf Bildern sieht man auch sie mit Stopsellocken und transparentem (Unter-)Kleid. Und mit der göttlichen Marianna bringt der Düsseldorfer das Wahrzeichen Roms, den Petersdom, in Verbindung.

So vereinigen Künstler und Kronprinz auf dem Gemälde die schönsten Reizsymbole zur Verherrlichung der Schönsten. Betrachtet man das Bild, das Ludwig zunächst keinem Menschen zeigt, näher und öfter, gewinnt man den Eindruck, der Gürtel in der Farbe der Orange (Symbol der Süßspeisen) harrt der Öffnung. Und wir wissen: Nach den Erfahrungen vor zwei Jahren ist man vorsichtiger geworden und tauscht »sichere Küsse«. Nichts trübt somit Roms Himmel und Paradies.

Kein Kunststück, Ludwig ist bester Laune, was wir auch seiner Korrespondenz entnehmen. So zeichnet er am 21. November 1823 dem Maler Dillis das schönste Bild von sich: »Fürtrefflich ist die Gesundheit und voll Heiterkeit der Sinn wieder Ihres Ihnen recht geneigten Ludwig Kronprinz.« Genau das ist die nächste Metapher. Er versteckt nämlich hinter der Gesundheit seine Lust und Laster. Schon zwei Tage später erzählt er dasselbe auch seiner Schwester Charlotte, der Kaiserin von Österreich: »Wunderbar ist Roms Wirkung auf meine Gesundheit, auf mein ganzes Wesen.« Dann wird er ein bißchen ehrlicher: Nicht nur die Luft, »alles zusammen vereint durch Rom«, mache ihn glücklich. Und er fährt fort: »Wenn Du den Bruder Ludwig in seinem Zimmer herumspringen, pfeifen und singen hörtest, würdest Du nicht den 37jährigen Familien Vater, einen jungen Menschen von 17 Jahren würdest Du zu sehen glauben.«

Dann geht es ohne Marianna nach Sizilien. »Es begann das gewöhnliche Leben«, schreibt Klenze, »der Tag theilt sich für den Kronprinzen zwischen Spaziergängen, Besichtigung der Merkwürdigkeiten, Denken und Dichten und Schreiben an die schöne Geliebte in Rom.« Diese wiederum kündigt auf den »süßesten Brief« Ludwigs an, den Schluß des Karnevals mit ihm in Rom zu verbringen. Eine Frau, die dies verspricht, so weiß jeder, ist offen für Küsse und Genüsse aller Art. Weiter erfährt der Galan aus der Feder der Schönen: »Ich fühle jeden Tag mehr die süßesten Wirkungen der Liebe und wiederhole, daß diese meine derzeitige Leidenschaft die erste und einzige meines Lebens sein wird. Addio! Bewahren Sie mich in Ihrem Herzen, wie ich Sie in dem meinen.«

In Rom ehrt, liebt und behandelt der Kronprinz seine Marianna dann wieder wie seine (zweite) Ehefrau. Und als er sich inmitten seines Hochgefühls auf die verpflichtende Osterbeichte vorbereitet, kommt ihm urplötzlich eine Idee, die er bei einem Spaziergang auf dem Monte Pincio mit seinem Hofmarschall Anton von Gumppenberg erörtert: Liebe kann doch keine Sünde sein. Daraufhin meint der Begleiter: »Jeder vertraute und verliebte Umgang, so wie die tausendfachen Präliminarien und Zwischenakte vor der allerletzten Handlung ehelicher Vertraulichkeit lägen außerhalb dieser Gränzen ehelicher Treue.«

Als Ludwig dies hört, ist er am Boden zerstört. Der Hofmarschall vernimmt ein »Jammergeschrei des Kronprinzen bei dieser seiner Äußerung«. Nur mit Mühe wird der Wittelsbacher abgehalten, sich am Eingangstor zur Villa Borghese von einer hohen Mauer zu stürzen. Da kommt man auf die Idee, in dieser kitzeligen Frage zwei katholische Theologen um Rat zu bitten. Das liberalere Gutachten werde man akzeptieren. Jetzt folgt eine Komödie nach den Vorbildern der italienischen Theaterstücke vor 300 Jahren. »Mit großer Angst« hört sich Ludwig die Ansichten eines Franziskaners an, die aber überhaupt keinen Gefallen finden. Dann wird ein alter Jesuit vorgelassen, der prompt das sechste Gebot als zweitrangig deklariert. »Die eheliche Treue«, so lautet seine Botschaft, »sei blos eine Sache des Fleisches.« Er würde »für den concreten Fall nicht allein ohne Anstand die Absolution ertheilen, ohne genau in die Einzelheiten des Geschehenen oder Nichtgeschehenen einzugehen«. Weiter halte er »im Allgemeinen eine Indulgenz in dieser Beziehung für schwache Menschen und Weltkinder nöthig«. Der überglückliche Ludwig eilt daraufhin unverzüglich zu seiner »schönen Geliebten« namens Marianna.

Mit ihr verbringt er dann einen wunderbaren Mai auf Colombella, der nur von einem pikanten Unfall getrübt wird. Marianna verletzt sich bei der Intimpflege im Bade am Unterleib. »Die Sorge um so wesentliche Theile der Geliebten war bei dem Kronprinzen wahrhaft rührend«, erfährt Klenze. Ende Mai geht es dann von Colombella aus zurück nach Bayern, wo nach den Worten Klenzes sein Herr nichts zu lachen hat. Man ist nämlich »von dem Verhältniße deßelben zu der Marquise Florenzi unterrichtet worden«. Zu lange kann der Groll der Kronprinzessin Therese jedoch nicht dauern, denn bald ist sie wieder schwanger.

1825 besteigt Ludwig in München den Königsthron und schon bald ist er wieder bei Marianna in Italien. 1830 dann ein bitteres Erlebnis! Er besucht sie auf Ischia. Im Boot, das ihn von Neapel dorthin bringt, dichtet er: »Sieh,

Geliebte! Das Meer, endlos da liegts vor den Blicken – Endlos, wie solches, so ist unsre Anhänglichkeit auch.« Wie täuscht er sich. Alles, was Marianna diesmal enthüllt, ist das Geständnis, sie habe sich soeben auf Aphrodites Lager dem Dichter Tommaso Gargallo hingegeben.

Wie es aussieht, erfuhr die schöne Frau von einer uns unbekannten Beziehung ihres bayerischen Freundes. Und so gab sie ihm eine pikante und amüsante Quittung. Gargallo, eigentlich Marchese di Castellentini, ist ein gebürtiger Siziliuner (aus Siracusa) und hat die ihm von Marianna übergebenen Gedichte (*Siciliano argomento*) ins Italienische übersetzt. In ihnen geht es nur um eines: Verführung junger Sizilianerinnen (»um liebend Gegenliebe zu empfangen«). Jetzt konnte auch er sich rächen. Die 27jährige ließ den italienischen Dichter gewähren – ihn, der kurz vor seinem 70. Geburtstag steht. Ludwig total am Boden! Jetzt spürt er selbst, was er seit Jahren seine Therese spüren läßt. Am nächsten Tag öffnet Marianna ihm die Türe nicht, aber einen Brief von ihm: »Ich habe mich schweren Herzens entschlossen, für immer auf die illegalen Beziehungen zu Dir, Du über alles Anziehende, zu verzichten.« Er spricht noch von ihrem gemeinsamen »sündigen Zusammenleben«. Dann senkt sich der Vorhang des ersten Aktes des Stückes Ludwig und Marianna.

Unverzüglich schreibt der Düpierte auch seiner Ehefrau nach Hause und nimmt es abermals mit der Wahrheit nicht so genau: »Diesmal wenigstens wirst du nichts finden. Gott habe ich zu danken, daß es auch nicht einmal in mir kämpft, obschon die Marchesa noch schöner geworden ist.« Sein Leibarzt halte sie für ein Mädchen von 18 Jahren, und Dillis habe zu ihm gesagt, »er getraue sich nicht, in ihre Augen zu sehen, aus Besorgnis verliebt zu werden«. Spätestens jetzt beginnt Ludwig wieder um Marianna zu kämpfen. Und so liest Therese plötzlich in der *Augsburger Abendzeitung*, ihr Mann weile abermals in Umbrien, »woher die erfreulichsten Nachrichten von dem Befinden Seiner Majestät« kommen. Vier ganze Wochen liegt nun in Colombella der König wieder neben der Dame. Und als der umbrische Frühling mit Grillen und Glühwürmchen draußen und Süßspeisen drinnen endet, wird man sich einig, sich im Sommer 1831 wiederzusehen. Diesmal in München, wohin die Hübsche tatsächlich (mit ihrem gebrechlichen Ehemann) kutschiert.

Und hier in der Residenz wird sie nun von Stieler für die *Schönheitengalerie* porträtiert. Der Künstler kennt sie schon, malt sie jetzt im roten Kleid der Liebe und setzt sie auf einen goldenen Stuhl, der schon sehr an den Königsthron erinnert. Im Atelier geht alles ohne Komplikationen vor sich, nicht so in der königlichen Familie. Kurz vor dem Empfang der Gäste zum ersten Tee, so erzählt die Königin ihrer Freundin Auguste Escherich, wird sie von Ehemann Ludwig aufgefordert, einen »eckiggegliederten Armreif« anzulegen und denselben dann der Geliebten zu überreichen. Doch Therese weigert sich. Da wird der Monarch rabiat. Frau Escherich: »Er zog der Königin das Schmuckstück mit Gewalt an und drückte es mit einem eisernen Griff seiner Finger ihr so fest ins Fleisch, daß jede Ecke nun eine blutige Spur auf ihrem Arm zurückließ: Da gab es keinen Widerspruch mehr.«

Schon 1833 reist dann Ludwig wieder nach Colombella. Das Feuer glüht noch immer, und so kann man Marianna wieder als die zweite Frau des Königs bezeichnen. Einmal werden beide in eindeutiger Pose überrascht. Daraufhin schreibt der Voyeur dem Mann der Ehebrecherin einen zynischen Brief. Die Liebesgeschichte hat noch viele Kapitel, man könnte sie zu einem eigenständigen Buch ausbauen!

13. Der liebeshungrige Engel aus England:

Janthe Ellenborough

In ihre raffinierten Maschen verstrickt die verführerische Engländerin in München den König der Sinne, dem ein Aufenthalt mit ihr in der Glyptothek »ewig unvergeßlich« ist

* 3. April 1807 Holkham Hall/Norfolk
1. ∞ 1824 Edward Law of Ellenborough; o/o 1830
2. ∞ 1832 Karl von Venningen; o/o um 1840
3. ∞ 1841 Graf Spiridon Theotoki; o/o 1852
4. ∞ 1855 Medjuel el Mesrab
➢ Insgesamt sechs Kinder aus verschiedenen (auch außerehelichen) Verbindungen
† 11. August 1881 Damaskus; ▫Protestantischer Friedhof von Damaskus.

Mutter: Lady Jane Elizabeth Andover (1777–1863), geborene Coke
Vater: Henry Digby (1770–1842), Admiral und Seeheld von Trafalgar
∞ Westminster, 17. April 1806
📖 Oelwein

▫ 1831 vollendet Stieler das Gemälde, dem er die Farben des Union Jack (Rot, Weiß, Blau) verleiht. Das britische Kreuz deutet er mit dem goldenen Stirnreif an.

Kaum ist die Florenzi 1831 aus München abgereist, sucht König Ludwig im *Goldenen Hirschen* zu München die 24jährige Janthe

Ellenborough auf, die wegen ihrer vielen Ehebrüche arg Verdammte. Allein, Ludwig fühlt ihr nach. »Du, die ein Opfer der Liebe geworden, du wirst mich verstehen«, schreibt er schon sehr vielsagend. Und seine nachmalige Mätresse, die große Schauspielerin Karoline Bauer, steht ihm bei und bezeichnet Janthe als »eine verführerische Schönheit«. Geradezu aus dem Häuschen gerät Architekt Klenze bei der ersten Begegnung. Er vergleicht sie allen Ernstes mit einer »gleichsam den Fluthen des Meeres wie Aphrodite Anadyomene (= Venus aus dem Meer) entstiegene Schönheit«.

Natürlich fühlt Ludwig ebenso. Als er sie von Stieler für seine *Schönheitengalerie* porträtieren läßt, kommt er auf die Idee, hinter ihrem Oberkörper einen Meeresbusen malen zu lassen, den Geburtsort der Venus. Die 24jährige macht der antiken Liebesgöttin ja sowieso alle Ehre. Leider entspricht den Preisliedern der Zeitgenossen das Bild Stielers nicht ganz. Die Extravagante sieht mehr wie ein Sauerbraten als eine Süßspeise aus! Aber möglicherweise kann sie hinter dem roten Vorhang der Liebe und ohne ihr blaues Sackkleid ihre Liebesgunst und -kunst erst so richtig entfalten.

Das mag auch Ludwig so fühlen. Was soll er ohnehin Janthe auf Leinwand betrachten, wenn er sie ohne Linnen bestaunen und genießen kann? Und so verstehen wir seine Verse schon recht, wenn er des Zeitpunkts gedenkt, als sie »meine Hand an ihr Herz drückte«. Dann dichtet er: »Weil ich dich kenne, darum kann ich verdammen dich nicht.« Als ihr ein Bekannter des Königs wegen ihrer Bereitschaft, das zu gewähren, was eben Männer begehren, arge Vorwürfe macht, antwortet die Engländerin cool: »Wenn es durch Zufall eines Tages wirklich passieren sollte, daß sich ein Mann mir nicht nähert, dann bekäme ich so starke Kopfschmerzen, daß ich sterben würde.« Auch Klenze hört dies und meint: »Es ist schwer zu glauben, daß sie sich dem Könige gegenüber immer mit dem schönen Vergnügen der unsündigen Liebe begnügt hat.«

Natürlich will Janthe die bekannten Münchner Abbilder ihres mythischen Idols Venus sehen. Und so zeigt ihr denn auch Ludwig die phantastischen Stiche aus Italien und führt sie selbstverständlich in die menschenleere Glyptothek, wo zwischen den marmornen Heroen des Olymps die Irdischen das schönste Geschenk des Himmels genießen. »Ewig unvergeßlich wird mir dieser Aufenthalt sein«, schreibt danach der Liebhaber. Als sich die schöne Engländerin dann von ihm und München verabschiedet, besucht er seinen Prachtbau am Königsplatz erst wieder nach Wochen. »Ich dachte der Zeit, als ich mit Janthe in derselben«, notiert er melancholisch in sein Versbüchlein.

Später erfährt der König von der Ellenborough, daß sie den Dichter Honoré de Balzac (* 1799 Tours) getroffen habe. Und von diesem stammt die wohl treffendste Schilderung: »Diese schöne, schlanke, zarte Lady, diese milchweiße, so zerbrechliche, so zerbrochene Frau, deren sanfte Stirn von feinem rötlichen Haar gekrönt ist, dieses Geschöpf, dessen Glanz nur ein flüchtiges Phosphoreszieren zu sein scheint, ist in Wirklichkeit aus Eisen gemacht. Das feurigste Pferd vermag sich ihrer nervigen Hand nicht zu widersetzen.« In hellseherischer Manier schreibt der Dichter schließlich:»Ihre Leidenschaft ist ganz afrikanisch. Ihre Begierde gleicht dem Wirbelwind der Wüste, einer Wüste, deren glühende Unermeßlichkeit sich in ihren Augen malt, einer Wüste voll azurblauer Liebe mit ewig heiterem Himmel und kühlen, ausgestirnten Nächten.«

14. Das böse Gespenst in der Wiener Hofburg:

Sophie von Österreich

Die Kaisermutter degradiert sich selbst zu einer gemeinen Foltermagd, indem sie ihrer Schwiegertochter Elisabeth (*Sissi*) die Kinder nimmt und ihr das Leben zur Hölle macht

* 27. Januar 1805 München
∞ Wien, 4. November 1824 Franz (* 7. Dezember 1802 Wien; † 8. März 1878 Wien), Erzherzog von Österreich
➤ Vier Söhne, darunter Kaiser Franz Joseph ∞ Bayernprinzessin Elisabeth (*Sissi*)
† 28. Mai 1872 Wien; ▯Kapuzinergruft in Wien

Mutter: Prinzessin Karoline von Baden (* 13. Juli 1776 Karlsruhe; † 13. November 1841 München)
Vater: König Max I. Joseph von Bayern (* 27. Mai 1756 Mannheim; † 12./13. Oktober 1825 Schloß Nymphenburg)
∞ 9. März 1797 Karlsruhe
▭HStA

▢ 1832 malt Stieler das erste von zwei Bildern (mit Sohn Franz Joseph, der gerade zwei Jahre alt ist). Das zweite Porträt (1841) ist eine Kopie dieses ursprünglichen Abbildes (jetzt *Schönheitengalerie*). Das Kleid in Purpurrot und der weiße Umhang ergänzen sich zu den Nationalfarben Österreichs.

Die böseste Schwiegermutter, die man sich vorstellen kann – herrschsüchtig und hinterlistig, gemein und gnadenlos, ohne Herz und Humor! Aus vielen Berichten wissen wir, wie Sophie ihre schöne Schwiegertochter Elisabeth (*Sissi*) behandelt. »Die nicht nur zwischen den Ehegatten gestanden hatte, sondern der Kaiserin auch die Kinder nahm«, wie sich Marie Louise Larisch (* 1858), die Nichte Elisabeths, ausdrückt. Dieses Mädchen hört von seiner Mutter Henriette den oft bestätigten Ausspruch: »Die arme Sissi hat mehr gelitten unter dieser herzlosen Frau, als wir ahnen können.«

Es ist wahr, Sophie nimmt ihrer Schwiegertochter, die auch ihre Nichte ist, ganz einfach die Kinder. In diesem Intrigenspiel zieht sie ihren Sohn Franz Joseph immer raffinierter auf ihre Seite. Elisabeth nervt dies alles so, daß sie ihrem Ehemann und dessen Mutter ein Leben lang nicht verzeiht. Ihr bodenloser Haß schlägt sich in ihren vielen Gedichten nieder, in denen sie sich sogar zum wiederholten Ehebruch bekennt. »Ich hab' und ward betrogen!«

Sophie hat einen so schlechten Ruf, daß sich ihre Ränke noch lange am Wiener Hofe herumsprechen. Elisabeths Tochter aus ihrer Liaison mit dem ungarischen Grafen Andrássy, Valerie (* 1868 Budapest), schreibt 1887 in ihr Tagebuch: »Wie Großmama Sophie zwischen ihr und Papa gestanden« und so »ein Sichkennenlernen und Verstehen zwischen Papa und Mama für immer unmöglich gemacht habe«. Freilich, als Ludwig seine Cousine malen läßt, sind es bis zur Geburt der nachmaligen Kaiserin Elisabeth noch fünf Jahre.

15. Die bürgerliche Fürstin aus Franken:
Crescentia von Oettingen-Wallerstein

Das Mädchen der Unterschicht wird an der Seite eines Adligen, der sie trotz Widerständen zur Frau nimmt, glücklich und bezaubert den König durch Charme

- * 3. Mai 1806
- ∞ 7. Juli 1823 Fürst Ludwig von Oettingen-Wallerstein (* 31. Januar 1791; 22. Juni 1870 Luzern), späterer Innenminister des Königreichs Bayern
- ➢ Zwei Töchter, darunter Caroline, die ebenfalls in die *Schönheitengalerie* aufgenommen wird (1843)
- † 22. Juni 1853

Mutter: Crescentia Theresia Glogger (1769–1823), Kaufmannstochter aus Füssen
Vater: Nicolas Bourgin (1769–1835), französischer Emigrant
📖 Gotha

☐ 1833 von Stieler angefertigt. Eine Bürgerliche im Kleid der Oberschicht, die Perlenschnur auf der Stirn trägt sie wie eine Krone, zum Zeichen offensichtlich dafür, daß ihr Ehemann wegen ihr sein Kronamt verloren hat.

Eine herrliche Liebesgeschichte bestimmt das Leben dieser Schönheit. Ihr Vater Nicolas Bourgin mußte wegen seiner royalistischen Gesinnung Frankreich verlassen und verdingte sich als Gärtner beim Fürsten Oettingen-Wallerstein. Dessen ältester Sohn Ludwig verliebt sich unsterblich in das Mädchen, das er schon von Kindesbeinen an kennt und zur Schulbildung weggeschickt wird. Man bedeutet ihm mehrfach, daß eine Eheschließung nicht in Frage kommen kann. Der Standesunterschied sei zu groß.

Doch er läßt sich nicht abhalten, auch als ihm die Konsequenzen (Enterbung, Verlust der standesherrlichen Vertretung in München) klar gemacht werden. Am 7. Juli 1823 steht man vor dem Traualtar und vor dem Nichts. König Max I. Joseph entzieht dem 32jährigen tatsächlich das Kronamt, doch der Herr von Oettingen-Wallerstein schätzt die »Krone der Schöpfung«, wie er frei nach Goethe sein Liebstes nennt, tausendfach mehr.

Nach dem Tod des Monarchen setzt dann dessen Nachfolger, Ludwig I., den Gedemütigten, soweit es in seinen Kräften steht, in die alten Rechte ein. Ihm imponiert das Verhalten des Freundes, vor allem aber dessen Frau Creszentia. Zu Klenze sagt Ludwig just zur Zeit, als Stieler die Schönheit malt, Oettingen-Wallerstein sei »der einzige Minister seines Vertrauens, er allein habe parlamentarischen Takt, er allein habe Sinn für des Königs große Ideen«. Und August Lewald urteilt über den Minister und seine Frau: »Ein junger, schöner Mann von einer sehr einnehmenden Persönlichkeit. Er hat nach seiner Neigung ein bürgerliches Mädchen geheirathet, und soll sich einer recht glücklichen Häuslichkeit erfreuen.«

16. Wiens begehrtestes Mädchen aus dem Ungarland:
Irene von Arco-Pallavicini

Vor ihrem Sturz vom siebten Himmel in die Ehehölle trägt die Marquise im grün-weiß-roten Ambiente einen schiefen Kugelaufsatz im Haar, der an die Stefanskrone erinnert

* 2. September 1811 Allgyö/Ungarn
∞ Wien, 9. Oktober 1830 Graf Aloys von Arco-Steppberg (* 6. Dezember 1808; † 10. September 1891 Anif); o/o um 1877
➢ Keine Kinder
† 31. Januar 1877 Wien

Mutter: Gräfin Josephine zu Hardegg (* 2. Mai 1784 Wien; † 23. Dezember 1850 Wien)
Vater: Marchese Eduard Pallavicini (* 9. März 1787 Wien; † 20. April 1839 Wien)
∞ Wien, 22. April 1806
📖 Gotha

☐ 1834 von Stieler als stolze Ungarin gemalt, der man ansieht, daß sie Schweinespeck und Salami der Pußta nicht verschmäht. Die Farbenfolge Rot, Weiß, Grün (Vorhang, Körperfarbe, Kleid) deutet natürlich auf die Herkunft der Schönheit. Sie trägt im vollen dunklen Haar ein kugelförmiges schiefes Gebilde, das schon sehr dem schiefen Kreuzaufsatz der ehrwürdigen Stefanskrone gleicht.

Man sagt, die junge Pallavicini sei in Wien im Geburtsjahr (1830) des nachmaligen Kaisers Franz Joseph, der 1849 die gesamte ungarische Elite hinrichten läßt, die begehrteste Partie. Fürsten, Millionäre und Magnaten werben um sie, doch sie weist alle ab. Entweder sie sind zu alt oder zu arrogant. So vergehen viele Jahre, bis der angeblich Richtige kommt.

Und dieser ist ein interessanter, aber flatterhafter Mann: Aloys Nikolaus Ambros von Arco-Steppberg. Von dessen Mutter, der schönen bayerischen Kurfürstin Marie Leopoldine von Österreich-Este (* 1776 Mailand), war bereits die Rede. Diese heiratete nach dem Tod ihres greisen Eheherrn Karl Theodor (1799) ihren Liebhaber Ludwig von Arco, dem sie am 6. Dezember (deshalb der zweite Vorname) 1808 eben diesen Arco-Sproß schenkte.

Doch die so verheißungsvolle Ehe wird für die schöne Ungarin zur Hölle. Graf Arco quält sie im gemeinsamen Palais an der Münchner Theatinerstraße, betrügt sie, wann immer sich die Möglichkeit dazu gibt. Und so hält es Irene an der Isar nicht mehr aus und kehrt auf ihre österreichischen Güter zurück. Nach ihrem Tod heiratet Graf Arco seine Geliebte, die Tänzerin Pauline Oswald (1851–1902).

17. Die bekannteste Ehebrecherin des Königreichs:

Caroline von Holnstein

Im letzten Augenblick entzieht sich König Ludwig den Verstrickungen der illegitimen Tochter des Prinzen Karl und entgeht nur so knapp dem Verbrechen der Blutschande

* 8. Mai 1815 Fronberg bei Schwandorf (als Freiin von Spiering)
1. ∞ 9. November 1831 Carl Theodor von Holnstein (1797–1857), o/o 1836
2. ∞ 1857 Freiherr Wilhelm von Künsberg (1801–1874), Oberlieutnant à la suite
➢ Ein Sohn (* 1835 Max) aus erster Ehe; zwei Töchter und drei Söhne von Künsberg (alle vorehelich)
† 24. Juli 1859
Mutter: Mariae Anna Sophie Pétin (* 27. Juli 1796 Neuburg an der Donau; † 22. Februar 1838 München), von 1823 an Freifrau von Bayrstorff
Vater: Prinz Karl von Bayern (* 7. Juli 1795 Mannheim; 19. August 1875 Tegernsee), Bruder König Ludwigs I.
📖 Gotha, *Hof- und Staatshandbuch*

☐ 1834 von Stieler dem König präsentiert. Kurz danach bricht dieser wieder nach Italien auf, was Georg Büchner zur folgenden Charakteristik im *Hessischen Landboten* veranlaßt: »Das Schwein, das sich in allen Lasterpfützen von Italien wälzte.« Der Zopf der jungen Schönheit Caroline wird zur Krone aufgesteckt, was an den Vater erinnert, der ja dem Königshaus angehört.

Im Dezember 1833 erregt die 18jährige Caroline von Holnstein im Münchner Odeon die Sinne des Königs Ludwig I. dermaßen, daß er sich ein Leben ohne sie nicht mehr vorstellen kann. Sie ist nicht nur schön und sehr reich, sondern auch ihres doppelt so alten Ehemannes überdrüssig. Sie allein, so sagt der Monarch, könne seine Herzenswunde heilen. Tatsächlich zeigt sich die betuchte Frau nicht zugeknöpft, wenn es die Situation erheischt. Im Frühjahr 1834 kleidet sie sich auch für Stieler um.

Doch da ziehen schon dunkle Wolken am Himmel der Liebe auf. Der königliche Galan erfährt nämlich eines Tages (oder Nachts), wer dieses herrliche Geschöpf unter Münchens weißblauem Himmel wirklich ist. Eine illegitime Tochter des Prinzen Karl (deshalb der Name Caroline), der ein Bruder Ludwigs ist, und der Sophie Petin. Schweren Herzens verzichtet der Monarch auf weitere Beziehungen. Unvorstellbar für ihn, daß die schöne Caroline ein Kind von ihm empfängt, dessen Großvater das eigene Bruderherz ist!

Die Irrungen und Wirrungen, dazu die Weigerung der Schönheit, zu ihrem alten Ehemann zurückzukehren, nützt 1834 sofort ein 32jähriger Oberleutnant à la suite, also ein Hofoffizier Ludwigs, sporenstreichs aus. Der in der St.-Anna-Straße wohnende Wilhelm von Künsberg! Er entführt die junge Frau – »und ihr Gemahl (Holnstein) konnte sich nun gemeinschaftlich mit ihrem verlassenen Geliebten (Ludwig) trösten«, wie Klenze spottet.

18. Das Ideal weiblicher Grazie und Genialität:

Constanze Dahn

Geistig ebenbürtig und Geliebte zugleich ist dem König von all seinen Amouren nur die Kapellmeistertochter, die nach Friedrich Hebbels Aussage »geniale Anflüge« hat

* 12. Juni 1814 Kassel
∞ 1833 Friedrich Dahn (1811–1889), Schauspieler und Regisseur; o/o 1850
> Zwei Kinder, darunter der 1834 in Hamburg geborene Erfolgsschriftsteller Felix Dahn (*Ein Kampf um Rom*)
† 26. März 1894 München, ⌂Südlicher Friedhof (Grabstein noch erhalten)
Mutter: Anna Antoinette (Anette) Schäffer (* 1784 Magdeburg, stirbt am 27. April 1839 im Münchner Haus Constanzes), Tochter des Johann Christoph Schäffer
Vater: Jean Charles Le Gaye (* 1765 Cambrai; † 1818 Braunschweig), Dirigent am Hoftheater des Königs Jérôme in Kassel, Sohn des Jean Baptiste Le Gaye (1734–1789)
⌸ Jahn (Otto-Dessoff-Forschung), Meyer, *MNN* (Todesanzeige und Nachruf)

☐ 1835 zwar von Stieler für die *Schönheitengalerie* Ludwigs gemalt, jedoch davon wieder aus uns unbekannten Gründen entfernt. Es befindet sich heute in Privatbesitz und gehört zu den schönsten deutschen Frauenbildern des 19. Jahrhunderts. Keine Dame der *Schönheitengalerie* wird mit so einem vielverheißenden Dekolleté abgebildet wie die Dahn. Das Bild auf ihrem Grabstein zeigt sie noch lasziver.

Daß König Ludwig die Franzosen haßt, was ihn gar nicht sympathisch macht, ist deutschlandweit bekannt. Am liebsten würde er gegen sie in den Krieg ziehen. Vorsichtshalber plant er denn auch schon das Siegestor in München. Klenze berichtet, nur die enormen finanziellen Aufwendungen hätten seinen Herrn von einem Feldzug abgehalten.
Wenn es aber um Frauenschönheit geht, dann bricht Ludwigs Franzosenhaß wie ein Kartenhaus in sich zusammen. So auch bei der rassigen und temperamentvollen Schauspielerin Constanze Dahn, deren Vater Jean Charles Le Gaye der große Kapellmeister des Königs Jérôme (Bruder Napoleons) in Kassel-Wilhelmshöhe ist. Ludwig besteigt gerade den Bayernthron (1825), da tritt die kleine Constanze schon im Stadttheater Hamburg auf. Seitdem feiert sie wahre Triumphe mit Ovationen, die man sich heute nicht mehr vorstellen kann.

Entgegen den meisten ludovizianischen Mätressen vereinigen sich in der jungen Frau soviel Esprit, Sinnlichkeit und Grazie, daß ihr praktisch ganz München zu Füßen liegt. Klenze berichtet über das Pärchen Constanze-Ludwig: »Dieses Liebesverhältniß, im Anfange sehr heftig und mit gewohnter Leidenschaftlichkeit betrieben, nahm bald den milden Charakter einer freundschaftlichen Verbindung an und ward leicht geduldet, da es sich nur von Zeit zu Zeit in den Wirkungen irgendeiner Protektion bei Anstellungen niedriger Ordnung entäußerte und kund gab.«

Geschätzt wird die Hübsche aber nicht nur wegen ihrer schönen Figur und Frisur, sondern auch wegen ihres Talents auf der Bühne. »Sie läßt es an Ernst und Studium nicht fehlen und hat sogar geniale Anflüge, mit denen sie zu wuchern weiß.« So urteilt Friedrich Hebbel, der letzte große Dramendichter Deutschlands, über die unglaublich beliebte Aktrice. »Sie ist noch schön und die beste Schauspielerin am Theater«, urteilt er ein andermal. Und Genast schwärmt: »Alles vereinte sie: liebenswürdigen Humor, Schalkheit, Grazie, schöne Persönlichkeit.«

Stieler muß die Schönheit schon 1835 malen – im Alter von 21 Jahren. Damals ist sie frisch verheiratet, und Ludwig dichtet: »Der Gatte deiner Wahl ist dir gegeben. Du hast es erreicht und ihm nur wirst du seyn.« Aus uns nicht bekannten Gründen findet das Porträt Stielers keinen (dauerhaften) Platz in der *Schönheitengalerie*. Doch die Frau genießt soviel Ruhm, daß ihr Bildnis mannigfach überliefert ist. Vor allem eine Lithographie, die sie mit dem Wiener Dichter Ferdinand Raimund zeigt, gibt uns eine kleine Vorstellung von ihrem grenzenlosen Temperament.

Klar, daß ihm auch Ludwig erliegt. Um L'amour mit der quirligen Französin ungestört genießen zu können, kauft er ihr 1839 ein Haus an der Barerstraße, das er sinnigerweise zunächst auf den Namen des Polizeipräsidenten schreiben läßt. Im schummrigen Chambre à coucher lernt der Wittelsbacher dann etwas kennen, was er noch nie gesehen: einen durchtrainierten gertenschlanken Körper, ideale Maße. »Knochengerippe« soll er später in der Lola-Zeit über ihren Leib spotten.

Natürlich erfährt ihr Mann Friedrich, der ebenfalls am Theater engagiert ist, von den rein privaten Gastspielen seiner Frau beim König. Er duldet diese Rolle aber um so leichter, als er selbst sein eigenes Repertoire mit aufregenden Partnerinnen gerne erweitert, was letztlich zur Auflösung der Ehe führt. Als dann Ludwig bei Constanze alles gefunden, was er gesucht hatte, verwandelt sich die leidenschaftliche Liebe in eine herzliche Freundschaft, wie es auch Klenze andeutet. Wenn sie ihm etwas im Haus an der Barerstraße vorliest, schläft er öfter auf ihrem Schoß ein, erzählt sie.

Constanzes Leben mit Ludwig spiegelt heute sehr schön ihr Jugendbildnis auf ihrem Grabstein im Südlichen Friedhof wider. Eine hochgewachsene Frau mit einem verschmitzten Lächeln schreitet von links nach rechts. Eine Maske weist sie als Schauspielerin aus, die entblößte Brust als Geliebte des Königs, der ihr freilich später, als sie ihn vor Lola Montez warnt, eine »giftige Zunge« nachsagt. Dazu rügt er in seiner argen Verlegenheit nachträglich ihren Glauben. Als er nämlich vor Lola Montez gewarnt wird, sagt er plötzlich, »daß Madame Dahn eine Protestantin, Mademoiselle Lola eine rechtgläubige Katholikin sei«.

Bis in das hohe Alter schwärmen die Münchner von dieser schönen und liebenswerten Dame. Und so lesen sie mit Entsetzen am 5. Oktober 1865 in den *Neuesten Nachrichten*: »Frau Konstanze Dahn ist vom 1. dieses Monats an pensioniert. Seit dem Jahr 1833 war sie ununterbrochen Mitglied unserer Hofbühne, und gehört also zu den wenigen Ueberresten aus der guten alten Zeit des Münchener Theaters. In ihrer Jugend war sie berühmt wegen ihrer Schönheit und wegen ihres feinen liebenswürdigen Spieles. Auch die neuere Zeit sah sie noch in Leistungen, die sich sämmtlich durch geistreiche Auffassung, scharfe Konsequenz in der Zeichnung und Wahrheit und Noblesse der Darstellung auszeichneten.«

Daraufhin schreibt die Dame der Zeitung, sie habe die »Ruhestandversetzung« erhalten, »obwohl ich mich nicht darum beworben und auch keine Angabe eines Grundes erhalten habe«. Der Kommentar des Blattes: »Wir können nur unser lebhaftes Erstaunen und Bedauern darüber ausdrücken, daß man eine so ausgezeichnete Künstlerin, für deren Leistungen das Publikum stets eine warme dankbare Erinnerung bewahren wird, auf eine so verletzende Weise verabschiedete.«

19. Abbild der Sappho auf den Vasen Ludwigs:

Lady Teresa Spencer

Das Geheimnis König Ludwigs I. um eine verheiratete Frau, der er die Attribute der griechischen Dichterin Sappho zuweist, die ihre Liebesglut nur ihrer Lyra anvertraut

* 18. Oktober 1815 Florenz
∞ 1833/34 Frederic Spencer
➢ Sohn John Poyntz Spencer (1835–1910)

Eltern: Keine gesicherten Angaben. Vater Renard ist möglicherweise im französischen Gesandtschaftsdienst am Hofe des Großherzogtums Toskana in Florenz
📖 Oertzen, *Hof- und Staatshandbuch*

☐ 1836/37; Stieler beginnt mit dem Porträt im 50. Geburtsjahr des Auftraggebers. Das Bild ist verschlüsselt und weist die Ingredienzien der griechischen Dichterin Sappho auf. Das läßt den Schluß zu, daß Teresa von Liebeskummer geplagt ist.

Eine Florentinerin, die es 1836 nach München verschlägt. Hätte Maler Stieler keine kurze Notiz auf der Rückseite des Bildes hinterlassen, wüßten wir rein gar nichts über diese Schönheit. Aber auch die dürren Angaben brächten uns nicht weiter, wenn wir uns nicht auf die Regeln der Ikonographie verlassen könnten.

Die Dame läßt Ludwig als die griechische Dichterin Sappho darstellen, so wie sie mehrfach auf seinen antiken Vasen (heute Glyptothek) zu bewundern ist. Die so Verherrlichte wird insbesondere von Horaz besungen und vertraut ihre Liebesglut ausschließlich ihrer Lyra an. Deshalb stellt man sie gerne mit diesem Instrument dar. Der Dichterlorbeer im Haar ergänzt das Sujet, das zu den schönsten der gesamten Antike gehört.

Das von einem goldenem Mäanderband gefaßte Kleid in der Farbe der Liebe repräsentiert mit an Sicherheit grenzender Wahrscheinlichkeit den Wunsch Ludwigs, die Dame näher kennenzulernen. Wie ist sonst sein Gedicht zu verstehen, das er akkurat 1836, im Jahr der ersten Sitzung der Teresa, vollendet? Es lautet: »Ihrer Lyra Zauberklängen/Horchet Griechenland entzückt,/In den blühenden Gesängen/Ist nur Liebe ausgedrückt.«

Das alles läßt auf eine unglückliche Ehe schließen. Teresas Mann Frederic ist offensichtlich jener Münchner Kämmerer aus dem Herzoglichen Haus Marlborough, der im *Hof- und Staatshandbuch* von 1838 bis 1892, nicht aber im Adressenbuch, erscheint. Teresas Spur in München verliert sich nach den Sitzungen in der Residenz.

20. Repräsentantin angelsächsischer Zivilisation:
Lady Jane Erskine

Internationales Flair verleihen der bayerischen Residenzstadt die sieben Töchter des englischen Gesandten, von denen Ludwig eine zur Ehre der *Schönheitengalerie* erhebt

* 9. Mai 1818 London
∞ 29. August 1837 James Henry Callander
† 30. März 1846 Schottland
Mutter: Fanny Cadwallader, Tochter des legendären Generals Cadwallader zu Philadelphia
Vater: Lord David Montagu (* 1777; † 19. März 1855 Butlers Green/Sussex), dessen Vater Thomas Peer von Schottland und Lord-Kanzler ist.
Oertzen, Meyer

☐ 1837; Stieler malt die aparte Frau, die kurz darauf mit Callander vor den Traualtar tritt, in der ersten Jahreshälfte. Der zartrosa Bolero der dunklen Schönheit hat die gleiche Farbe wie die Rose im Haar. Also kein Rot der Liebe!

In den dreißiger Jahren ist der britische Gesandte David Montague Erskine, der von 1806 bis 1808 Großbritannien in Washington vertrat, ein bekannter Mann an der Isar. Vater Thomas (* 1750 Edinburgh) war der berühmte Lord Chancellor of England. Nun vertritt dessen Sohn die Geschäfte des britischen Throns in München. Man sieht ihn, »in der Hochländer-Tracht, also ohne Hosen«, wie sich König Ludwig I. ausdrückt.

Aber dies alles macht ihn nicht so populär wie seine sieben bildhübschen Töchter. Mary heiratet 1832 hier den Grafen Franz Joseph von Paumgarten. Beider Tochter Irene (* 1839) ist von Kindesbeinen an die beste Freundin der Kaiserin Elisabeth (*Sissi*). Ein anderer Erskine-Sproß heißt Jane, die Ludwig so apart findet, daß er sie zu Stieler bittet. Als 18jährige steht sie Modell, dem Auftraggeber – aber als Lustobjekt nicht zur Verfügung. Ludwig weiß ganz genau, daß Begierden seinerseits die größten diplomatischen Verwicklungen zur Folge hätten. Zudem ist das Mädchen in festen und besten Händen. Sie geht mit ihrem Freund Callander bald zurück in die schottische Heimat. Also ein Bild der Aufbruchstimmung!

Wie Klenze berichtet, sieht Ludwig die Gäste aus Great Britain gerne. »Einer der Lieblingswünsche des Königs ist, fremde und namentlich reiche Engländer nach München zu ziehen.« Zu Verwicklungen mit Erskine kommt es aber 1839, als der britische Außenminister Henry Palmerston den Bayernkönig auffordert, sich nicht in die griechische Politik einzumischen. Darauf erhält Erskine einen geharnischten Brief. An den bayerischen Außenminister Giese schreibt Ludwig vertraulich: »Im Fluch Gottes dürfte Palmerston Minister des Äußern geworden seyn.« Janes Vater hat also auch seine Probleme mit dem König.

21. *Ehefrau eines der wichtigsten Männer Mitteleuropas:*
Freiin Mathilde von Jordan

Glanz und Elend des Wiener Kaiserhofes erlebt die einzige Tochter eines bayerischen Generals und Ehefrau des mächtigen österreichisch-ungarischen Staatskanzlers

* 12. Mai 1817 Regensburg
∞ München, 15. Mai 1843 Freiherr (später Graf) Friedrich von Beust (* 13. Januar 1809 Dresden; † 24. Oktober 1886 Schloß Altenberg bei Wien), Staatsmann
▷ Eine Tochter und drei Söhne
† 12. Dezember 1886 Schloß Altenberg bei Wien; ⬜München

Mutter: Violanta von Sandizell
Vater: Freiherr Wilhelm von Jordan († 1841), Generalleutnant und Kämmerer
📖 Gotha, Kneschke, Wurzbach, NDB, *Hof- und Staatshandbuch*, MNN (Nachruf)

⬜ 1837 von Stieler in den Farben des Kirchenstaates (Gelb und Weiß) gemalt, was bestimmt eine Bedeutung hat. Die junge Frau kennt und beachtet als Ehrendame des bayerischen Theresienordens das sechste Gebot Gottes.

Die schöne Mathilde wächst in Regensburg in einem Kreis auf, um den sich Ludwig sehr kümmert. Als Kommandant des gesamten Regierungsbezirks Regenkreis (heute Oberpfalz) hat er den Freiherrn Jordan eingesetzt, der aber offensichtlich die Ehre nicht zu schätzen weiß. So fordert der König im Frühjahr 1831 seinen Innenminister auf, dem regionalen Befehlshaber mitzuteilen, »daß er in einem der Kreise, wo er commandirt, wohnen müsse«. Jordan gehorcht und macht so weiter Karriere. Sicher hängt damit auch die Beförderung seiner Tochter zum Schönheitsidol zusammen.

Daß Ludwig aber die gebürtige Regensburgerin in den Farben des Kirchenstaates malen läßt, entbehrt im nachhineine nicht einer gewissen Ironie. Die fromme Freiin Jordan soll nämlich sechs Jahre später einen Mann heiraten, der sich schwer mit Rom anlegt. Die Rede ist vom protestantischen Staatsmann Friedrich von Beust, der den Kulturkampf als Kanzler im Doppelstaat Österreich-Ungarn blendend besteht. Als der Papst die liberalen Gesetze kritisiert, schreibt Beust in schier unglaublichem Ton nach Rom: »Diese Gesetze standen außer Frage; indem der Heilige Stuhl sie in solcher Weise angreift, verletzt er das Gefühl der Nation auf das Tiefste.« Sofort spürt der Linzer Bischof Rudigier das neue Klima. Er wird wegen »Störung der öffentlichen Ruhe« vor Gericht geladen und 1869 zu zwölf Tagen Kerker verurteilt, allerdings auch begnadigt.

Friede herrscht aber auch in der Familie Beust nicht. Pauline Metternich erzählt in ihren Memoiren über den Ehemann: »Er war sehr geistreich, sehr amüsant und seiner Frau sehr untreu.« Da bleiben selbstverständlich Streitigkeiten nicht aus. »Da Mathilde kein Blatt vor den Mund nahm«, so schreibt Pauline Metternich weiter, »fanden oft Diskussionen coram publico statt, bei welchen sie meist das letzte Wort behielt, da Beust den Sturm schweigend über sich ergehen ließ.« Mathilde wird am 24. Oktober 1886 Witwe und verfügt, nicht an der Seite ihres Mannes bestattet zu werden.

22. *Träumerin einer großen Karriere am Theater:*
Wilhelmine Sulzer

Von allen Seiten wird der Buchhaltertochter ihre Liebenswürdigkeit bestätigt, dennoch erlebt sie die Verstrickungen eines unehelichen Kindes im Königreich Bayern

* 27. Mai 1819 München
∞ 1838 Karl Schneider († um 1861), Stations-Controlleur, dann Registrator an der Bezirksregierung in Ansbach, schließlich Geheimer Registrator im Handelsministerium in München
† um 1842 wahrscheinlich in Ansbach

Eltern: Buchhalter Johann Sulzer und seine Geliebte Zoepf
Oertzen, *Hof- und Staatshandbuch*

1837/38 malt Stieler die einfache Münchnerin, der er das typische Riegelhäubchen vorenthält. Dafür schmückt er sie über der kleinen Brust mit einer Bordüre, die aus den klassischen Mustern der oberbayerischen Bauernmalerei besteht. Des gänzlich fehlenden Schmuckes bedarf das schöne Kind offensichtlich nicht.

Eine berühmte Hofschauspielerin will das Mädchen werden, doch die labile Gesundheit macht alle Pläne zunichte. Dabei hat sie am Theater einen bekannten Lehrer – August Heigel, von dem Ludwig sagt: »Einer der mir beliebtesten Schauspieler.« Dieser kümmert sich selbstaufopfernd um die Elevin und setzt sich auch dafür ein, daß deren Gage erhöht wird.

Mit seiner Schönheit kann das Mädchen allerdings nicht wuchern und somit auch nicht dem Geflecht ihrer Armut entrinnen. Vor kurzem ist der Vater gestorben, die Mutter liegt halbgelähmt im Bett. Als sie die ersten Erfolge auf der Bühne feiert, stellen sich zu allem Unglück auch noch die ersten Lungenbeschwerden ein.

In dieser Zeit malt sie Stieler im weißen Kleid der Unschuld. Nach der Vollendung des Bildes heiratet die Schönheit den königlichen Registrator Karl Schneider, den Ludwig bald darauf an die Bezirksregierung in Ansbach versetzt, wo er lange tätig ist. Möglicherweise verliert er dort seine Frau.

23. Die Rätselhafte und Unauffindbare:
Luise von Neubeck

Ihr mystisches Auftreten und mysteriöses Verschwinden aus dem Salon der Hübschen öffnen Spekulationen Tür und Tor und lassen offen, ob es noch anderen so ergeht

✽ 4. August 1816 Neuburg an der Donau
† 21. August 1872 München, ☐Südlicher Friedhof

Mutter: Leopoldina († 1850)
Vater: Freiherr Carl von Neubeck, Oberstleutnant († 1841/42)
📖 Kneschke, *Hof- und Staatshandbuch*, Oertzen

☐ Das 1839 von Stieler angefertigte Bildnis befindet sich bis zum Ende der Monarchie (1918) in der Münchner Residenz, verschwindet dann urplötzlich. Man darf an einen dreisten Kunstraub denken. Niemand weiß, wo sich das Porträt der Schönheit heute versteckt.

Sie schaut sehnsüchtig zum Himmel, trägt den weißen (jungfräulichen) Schleier und vermählt sich, nach allem was wir wissen, nie. Den Vater verliert sie bald nach der Fertigstellung des Gemäldes. Dessen Bruder Heinrich ist Hallverweser in Regensburg. Nach dem Tod ihrer Mutter (1850) übersiedelt sie nach Rüdesheim am Rhein und kehrt nach knapp 20 Jahren wieder an die Isar zurück. Hier tritt sie 1870 als Stiftsdame in das Heilig-Geist-Spital.

24. Die weiße Frau und ihre Geheimnisse:

Rosalie Julie von Bonar

Völlig ungeklärt ist, wie die Schwester des großen Meeresforschers, Ministers und Sachbuchautors Bernhard von Wüllerstorf-Urbair in die *Schönheitengalerie* kommt

* 1815 Wien

∞ 1834 Freiherr Ernst von Bonar, Majoratsherr zu Fingreth und Kinneardington, englischer Gesandter in Wien

Mutter: Gräfin Julie Grochowska (* 16. September 1795)

Vater: Reichsritter Leopold von Wüllerstorf-Urbair († 31. Dezember 1813 Rovigno, Jagdunfall)

📖 Gotha, Wurzbach

☐ 1840 in den ersten Monaten von Stieler ganz in Weiß gemalt. Die sechs (!) weißen Rosen im Haar haben sicher eine Bedeutung. Welche, können wir nur erahnen. Der Gürtel ist aus Gold, was auf königliche Begierden deutet.

Das Mädchen ganz in Weiß ist die Sphinx in der Galerie des Königs. Man denkt, ein Kommunionkind vor sich zu haben, doch dafür ist das Alter zu fortgeschritten. Ja, und auch der schwere Gürtel aus Gold paßt nicht zu so einer Imagination. Um den Hals nicht einmal ein noch so bescheidenes Kettchen, was nun wirklich jedem Kommunionmädchen zusteht! So geheimnisvoll Rosalie Julies Erscheinung inmitten der anderen Damen ist, so rätselhaft auch ihre Präsenz dort. Einen Bezug zu München kann man nicht erkennen. Niemand weiß, wie die schöne Wienerin in das Kabinett Ludwigs I. kommt.

25. Die herrlichste Götterspeise:

Antonie Wallinger

Im Kostüm der spendablen und locker gekleideten Hebe des Olymp veräußert die Tochter eines Münchner Kaufmanns an die bayerische Majestät ihre besonderen Reize

* 7. April 1823
∞ um 1850 Friedrich von Ott, Regierungsrat
➤ Eine Tochter
† 24. März 1893 München, ☐Südlicher Friedhof
Mutter: Katharina Bayer
Vater: Anton Josef Wallinger, Münchner Kaufmann
📖 *MNN* (Todesanzeige), *Hof- und Staatshandbuch*

☐ 1840 als die göttliche Hebe mit einem Kelch, gefüllt mit Ambrosia, und einem luftigen Kleidchen mit Mäandermuster gemalt. Über der linken Schulter das flatternde Band der Mänaden, die das Spiel mit ihren Liebhabern als Gottesdienst auffassen (Euripides).

Ludwigs willigste Mätresse, von der er sagt, er habe viele Geliebte gehabt, »aber niemals eine, welche meine Sinne in einem so hohen Grade gereizt«. Nie zuvor sei er »zu solchem Liebesverlangen entflammt« gewesen. Klenze teilt uns diese Erregung des Königs mit. Erstmals bestaunt wird das Mädchen im Nationaltheater, wo es als wirbelnde Tänzerin die Männer in Erstaunen versetzt. Und das in einem Aufzug, den Ludwig vier Jahre vorher ausdrücklich verboten hat: »Solle den Solotänzerinnen untersagt werden, zu kurze Kleider anzuhaben.« Malen läßt der Galan dieses makellose Mädchen als die göttliche Hebe, die den Göttern auf dem Olymp aufwartet und immer oben ohne erscheint. So kann Stieler natürlich die Schönheit nicht malen.

Nach den Sitzungen im Atelier freilich darf der König mehr sehen und fühlen, worüber er denn auch mit Klenze spricht. Nach einem seiner Seitensprünge mit der Tänzerin verfaßt er eine phantastische Hymne auf sie: »O süße Schenkin bei dem Göttermahle,/beseligt, den du wählest zum Gefährten,/der, dem liebend reichst die goldne Schale.« Und damit meint er sich! Bald danach bekommt die Tänzerin aber weiche Knie und macht sich auf die Beine.

Die Wallinger findet in München noch so manchen Verehrer. Ernst meint es dann der königliche Regierungsrat Friedrich von Ott, dessen Name erst 1849, also nach dem Sturz des Königs, im *Hof- und Staatshandbuch* erscheint. Der Ehe entstammt eine Tochter, die den Maler Max Manuel (* 1850) heiratet. Ihr Ehemann und die Tochter sterben relativ früh. Sie selbst erträgt dann im Alter nach der Aussage ihres Schwiegersohnes ihr Leid »mit himmlischer Geduld« (*MNN*).

26. *Der Goldschatz aus Athen:*

Katharina Botzaris

München bewundert die Tochter des griechischen Freiheitshelden Markos Botzaris, die hier im Gefolge ihrer Königin Amalie eintrifft und ihre prächtige Nationaltracht trägt

* 1820 (1818?) Joannina/Epirus
∞ 1845 Prinz Georg von Karadjas, General
➤ Zwei Töchter (sterben früh) und zwei Söhne
† 1875 Athen

Vater: Markos Botzaris (* 1780 Suli; † 21. August 1823 Missolunghi), der große Held Griechenlands, der im Freiheitskampf fällt.
📖 Oertzen, Meyer, *Conversations-Lexikon*

☐ 1841 von Stieler aus Anlaß ihres mehrwöchigen Aufenthalts in München in ihrer ansprechenden Tracht und ohne jegliches Schmuckstück vor einer griechischen Küste gemalt.

Die schönste Frau Athens, so liest man in zeitgenössischen Berichten, wird 1841 Hofdame der Königin Amalie von Griechenland. Diese reist noch im selben Jahr nach Deutschland, »um in den Bädern von Ems die eheliche Fruchtbarkeit zu suchen, welche ihr bis jetzt versagt worden war«, wie Klenze spottet. Und er fährt fort: »Wie sehnlich aber dieser Ehe Successions-Erfolge gewünscht wurden, kann man sich denken, und der König (Ludwig I.) wiegte sich in hoffnungsvollen Illusionen über die Ursachen der Unfruchtbarkeit des königlich-griechischen Ehebettes.«

Dann erklärt der große Architekt: »Das liebenswürdige, pikante Wesen der jungen Schwiegertochter zog den König, wie schon früher sehr an, und erhielt noch eine erhöhende Folie durch die Anwesenheit einer sehr schönen Hofdame der jungen Bozzaris, Tochter des berühmten Suliotenhelden Marco, welcher sein Leben auf eine so edle Art der Rettung des Vaterlandes opferte.« Klar für den Hellenenfreund, diese Himmelserscheinung mit dem nur leicht gelockten Haar muß in die *Schönheitengalerie*!

Und nicht nur Ludwig I. schwärmt von dieser Frau, kurz darauf sieht sie Märchendichter Hans Christian Andersen (* 1805 Odense) in Athen: »Ein junges Mädchen zu Pferde, ganz griechisch gekleidet und mit einem roten Fez auf dem kohlschwarzen Haar. Die königliche Stirn, die kecken dunklen Augen und die kühne Haltung zu Pferde verrieten uns ein echt hellenistisches Weib, wie eine herrliche Erscheinung flog sie durch den Wald, wie die Königin der griechischen Elfen! Es war die Tochter des Helden Markos Botsaris, Hofdame der Königin von Griechenland, das schönste Weib von Athen.« Schließlich schwärmt er: »Die langen, dunklen Wimpern heben sich wie Seidenfransen von den feurigen Augen.«

Man sagt, sie sei eine der wenigen hübschen Frauen, der Ludwig nicht nachstellt. Noch kurz zu ihrem Vater, über den wir im *Conversations-Lexikon* (1846) lesen: »Überfiel 1823 des Nachts mit 750 Mann die 20000 Mann starke türkische Armee, erschlug ihren Führer mitten im Lager, erhielt aber selbst eine Wunde, an welcher er kurz nachher in Missolunghi starb.« Den Kampf setzt dann sein Bruder Constantin, also der Onkel der Katharina Botzaris, fort.

Der schöne Gast aus Griechenland hat noch einen Bruder, Dimitri Botzaris (um 1815–1871), der 1827 von der Mutter zur Erziehung nach München geschickt wird. Über ihn lesen wir in der *Augsburger Abendzeitung*: »Der Knabe ist von sehr angenehmen Aeußern, sehr liebenswürdig im Benehmen.« Sein Begleiter und er »ziehen auch durch ihre nationale Kleidung und ihr dunkelschwarzes, über die Schultern lang herabhängendes Haar die Aufmerksamkeit unserer Mitbürger auf sich.« Der Wittelsbacher lädt den jungen Botzaris immer wieder zum Mahl in die Residenz. Unter König Otto, Sohn Ludwigs, wird Dimitri dann Kriegsminister in Athen.

27. Meisterin des Cercle:

Elise List-Pacher

Ihr Charme bezaubert den König in ihrer Jugend, nachher fasziniert ihr »Englisches Kränzchen« die gelehrten Kreise mit der Interpretation der Werke Shakespeares

- ∗ 1. Juli 1822 Stuttgart
- ⚭ 1845 Gustav Moritz Pacher von Theinburg († 25. Januar 1852), Fabrikbesitzer
- ▷ Tochter Hedwig (1848–1928), Ehefrau des Verlagspioniers Rudolf August Oldenbourg (1845–1912), und zwei Söhne
- † 4. Januar 1893 München, ☐Schönau bei Wien

Mutter: Karoline Neidhard, geborene Seybold (1789–1866)
Vater: Friedrich List (∗ 6. August 1789 Reutlingen; † 30. November 1846 Kufstein), Nationalökonom
⚭ Wertheim 1818
📖 NDB, *MNN* (Todesanzeige)

☐ 1842 von Stieler gemalt. Einfache Robe, kein einziges Schmuckstück im Haar und um den Hals.

Eine der interessantesten und gescheitesten Damen der Zeit. Sie wird als Sängerin ausgebildet, kennt Clara und Robert Schumann und gibt im Oktober 1842 ihr erstes Konzert in München. Ludwig I. ist entzückt von ihr und beglückt, wenn er mit ihr sprechen kann. Gut gefällt es hier auch ihrer Schwester Karoline, die mit dem Maler August Hoevemeyer (∗ 1824 Bückeburg) verheiratet ist, der auch Aufträge aus der Residenz erhält.

Drei Jahre nach Entstehung des Bildes heiratet Elise den österreichischen Fabrikbesitzer Pacher von Theinburg. Von besonderem Interesse sind zwei ihrer Kinder: Tochter Hedwig ehelicht Rudolf August Oldenbourg, einen der großen deutschen Verleger. Und Sohn Friedrich (∗ 1847), das »Sommerbüberl«, erlebt in Wien 1874 eine närrische Zeit mit der Kaiserin Elisabeth (*Sissi*), die sich ihm als »gelber Domino« nähert und ihn an der Nase herumführt.

Nach dem frühen Tod ihres Mannes hält sich Elise ungewöhnlich viel und lang in München auf. Sie wohnt in der Gartenstraße (heute Kaulbachstraße). Bekannt sind ihre »Englischen Kränzchen«, zu denen sich gerne Luise von Kobell einstellt. Wie sie berichtet, werden dort die Werke von Shakespeare gelesen. Die Erläuterungen dazu liefert der Shakespeare-Übersetzer und Dichter Friedrich Bodenstedt (∗ 1819 Peine) »in anziehender Weise«. Mit seinen *Liedern des Mirza-Schaffy* erreicht er Weltruhm. Zu den Gästen der liebenswürdigen Dame gehört auch ihr Nachbar Friedrich Ratzel (* 1844 Karlsruhe), der in seinen Memoiren schreibt: »Das Münchner Leben bringt Gelehrte, Dichter, Künstler mit allen andern Ständen in die engste Verbindung.«

28. Die Liebenswerteste aller Schönheiten:
Carolina Licius

Mit allem, was der König will, ist die zartbesaitete Tochter des Aschaffenburger Trompeters und Münchner Finanzprüfers Christoph Licius auf der Stelle d'accord

* 1824 Aschaffenburg
∞ 1849 Albert Stobäus (* 1818; † 21. Dezember 1901 München), Legationsrat
➤ Ein Sohn
† 1904 München (ungesicherte Daten)
Vater: Christoph Licius, Trompeter in Aschaffenburg, Finanzprüfer in München
📖 MNN, Hof- und Staatshandbuch

☐ 1842/43 von Stieler gemalt. Ihre Schönheit braucht keinen Schmuck, ihr Ambiente keine Natur, ihre Robe weder Farbe noch Anspielung auf antike Grazien oder Göttinnen. Nach Meinung vieler ist sie die Schönste der Schönen.

Alles an ihr erinnert ihn an den Süden. Sie kann singen, tanzen und spreizt sich nicht, wenn der König sie eindringlich um ein Rendezvous bittet. Doch beginnen wir von vorne: Aschaffenburg im Sommer 1840! Bei einem Spaziergang hoch über dem Main begegnet dem Bayernkönig die 16jährige Gesangselevin Carolina Licius. Er sucht gerade einen passenden Platz für eine Nachbildung eines pompejanischen Palastes, das er *Pompejanum* nennen will. Sie erzählt ihm die Geschichte ihres Lebens. Der Vater ist Trompeter, die Mutter hat Probleme mit ihrer Sehkraft, und sie, Carolina, will gerne zum Theater. Da kann der Monarch natürlich helfen. Mit Streicheln und Schmeicheln knüpft er an der Mainschleife ein »zartes Band« (lateinisch licium = Band), das ihn, den stets Liebenden, im wahrsten Sinne des Wortes von Tag zu Tag mehr fesselt. Es sind heitere Tage in Franken! Ludwig erzählt der Kleinen von Palermo, Perugia und Pompeji. Natürlich hängt Carolina so und so an seinen Lippen. Da macht ihr der König einen Vorschlag. Komm mit nach München! Für den Vater und die Brüder finde er bestimmt eine Stellung, für ihre Zärtlichkeiten eine sturmfreie Bude.

Die Licius und Ludwig haben schnell die Eltern überredet, und so bläst der Trompeter schon 1842 im Münchner Finanzministerium den säumigen Steuerzahlern den Marsch. Carolina selbst richtet er eine edle Wohnung ein. Klenze kommentiert dieses »neue Liebesverständniß mit einem schönen, aber lüderlichen Mädchen«. Er registriert »manchen kleinen Scandal und mehrere sehr unpaßende Ernennungen und Beförderungen ihrer Verwandten und Günstlinge«.

Den Liebesbriefen dieser frohgestimmten Sängerin entnimmt man, daß sie ihn von Anfang an duzt. Schon 1844 erscheint sie im *Hof- und Staatshandbuch* unter der Rubrik *Hofmusik-Intendanz, Sopranistin*: »Demoiselle Karoline Lizius.« Immer wieder widmet sie ihm »in Liebe« kleine Aufmerksamkeiten. Und er revanchiert sich mit Seide und Geschmeide. Schon 1841 ändert Ludwig sein Testament. Für den Fall, daß die Geliebte unvermählt bleibt, soll sie 24000 Gulden erhalten. »Sie darf es ohne Erröten annehmen«, schreibt er.

Im gleichen Jahr sitzt sie Stieler Modell, doch der Maler versagt nach Darstellung seines hohen Auftraggebers. Er sagt zu Klenze: »Daß der König außer sich vor Zorn ihm gesagt habe, man hätte ihm hinterbracht, daß dieses, auf dem Kunstverein ausgestellte Portrait nicht schön gefunden worden und nicht gefallen habe.« Und der große Architekt ergänzt: »Wer des Herrn an Abgötterei gränzende Leidenschaft für die Schönheit des Tages, wer seine Ansichten über eigene Unfehlbarkeit im Urtheile über neuere Kunstproductionen kennt, wird sich diese Wuth bei der doppelten Verwundung durch jenes Urtheil des Publikums erklären können.«

Also zweiter Versuch! Stundenlang sitzt Ludwig jetzt händchenhaltend neben ihr, die er »die Schönste in München« nennt. Endlich sind nunmehr Gesicht und Gestalt Carolinas ohne Mängel. Nicht aber ihre Bildung! Deshalb läßt ihr der König Unterricht in Französisch, Italienisch, Klavier und Gesang erteilen. Wenn er sie gerade nicht besucht, schreibt ihm Carolina nette und neckische Briefe. So erfahren wir, daß er ihr in Starnberg, ganz in der Nähe des Schlosses Berg also, ein Häuschen mietete oder kaufte. »Wir sind den ganzen Tag im Garten«, schreibt sie ihm. Abends geht es öfter in die Oper, »in der jetzt eine junge Sängerin gastiert und allgemeinen Beifall erntet«.

Beifall erhält auch die Licius reichlich. Nicht von irgendeinem Publikum, nein, vom König, wenn sie dichtet. Lauschen wir einem Reim, den sie ihm zum Geburtstag 1845 widmet und schon gewisse Rückschlüsse zuläßt: »Von wem dies Blatt in Deine Hand gegeben,/ Es sagt's der Name, mög das Herz es sagen:/Reich soll es Blüthen heiterer Stunden tragen,/Gefühl und Scherz Dich sanft darin umschweben.« Ludwig wird an diesem 25. August 59 Jahre alt.

Ihren Heimatort Aschaffenburg hat die Licius jetzt längst vergessen. 1846 beginnen dort die Vorbereitungen für die Innenarbeiten des *Pompejanums*. Göttinnen, Genien und Grazien sollen die Mythologie von einst wieder in Erinnerung rufen. Da zählt plötzlich in den Augen Ludwigs auch die hübsche Carolina zum Altertum. Er liegt nämlich seit ein paar Tagen zu Füßen der international renommierten Tänzerin Lola Montez, die unverzüglich den Monarchen aufstachelt, den Zweiklang mit der Sängerin zu beenden. Sehr ungalant trennt er sich daraufhin von Carolina. Am liebsten würde er die Verflossene wieder am Main sehen.

Als er sieht, daß dies nicht zu erreichen ist, bemüht er sich um einen idealen Ehemann für sie. Klenze: »Aber auch hier blieb alles vergeblich, die Verheirathungs-Versuche mit Anzustellenden sogar mit Offizieren scheiterten wol zunächst an der schlechten Aufführung der Schönen, welche aus einer Hand in die Andere ging und den guten hier gescheiterten Magdalenisirungs Absichten des Königs mußte ein anderer Gegenstand gesucht werden.«

Als die Licius endlich versteht, daß das »zarte Band« endgültig durchschnitten ist, beginnt sie, ihren Schmerz ohne Groll zu überwinden. Die »liebe Majestät«, wie sie 1847 schreibt, hat ihr viel gegeben. Man sieht sie noch bei ihrem Bruder in Regensburg, wo sie der Liebeskummer plagt. Nach der Revolution ist dann Ludwig endlich bereit, ihren Auserwählten zu akzeptieren. Die Hochzeitsreise geht an den Golf von Neapel, wo 1805 Ludwigs erste und ganze Liebesglut direkt unter dem Vesuv der jungen Amerikanerin Mary gehörte. Die Brautleute Licius-Stobäus stellen sich natürlich die Flitterwochen ähnlich vor, doch ihre Liebe macht sie so blind, daß sie nicht die Ganoven sehen, die sie ausrauben. In München wohnt die Aschaffenburgerin mit ihrem Mann im Haus Brienner Straße 4.

29. Brutales Opfer der Wittelsbacher:

Königin Marie

Damit die Hohenzollern-Tochter nicht von ihrem bayerischen Ehemann infiziert wird, dingt man einen Italiener, der sie zunächst mit Wein berauscht und dann mißbraucht

- ✽ 15. Oktober 1825 Berlin
- ∞ München, 12. Oktober 1842 Maximilian von Bayern (✽ 28. November 1811 München; † 10. März 1864 München), von 1848 an König Maximilian II.
- ➢ Zwei Söhne von Giuseppe Tambosi (✽ 2. Mai 1794 Riva; † 29. März 1872 München), darunter der bayerische Märchenkönig Ludwig II. (✽ 25. August 1845 Schloß Nymphenburg; † 13. Juni 1886 Berg am Starnberger See)
- † 17. Mai 1889 Hohenschwangau; ▢Theatinerkirche (Marie konvertiert 1874)

Mutter: Prinzessin Marie Anna von Hessen-Homburg (1785–1846)
Vater: Prinz Wilhelm von Preußen (1783–1851), Schwager der Königin Luise
∞ 12. Januar 1804
📖HStA

☐ Das Bild entsteht noch in den Flitterwochen der jungen Preußin. Schon am 3. Februar 1843 meldet die *Augsburger Abendzeitung*: »Hofmaler Stieler hat so eben das in allerhöchstem Auftrag gefertigte Bildniß Ihrer königlichen Hoheit der Kronprinzessin Marie vollendet, welches den ganzen Zauber der Anmuth und Holdseligkeit wieder gibt, der aus den Zügen der jungen Fürstin strahlt.«

Die tragischste Person der *Schönheitengalerie*! Die gebürtige Preußenprinzessin wird als noch 16jährige mit dem bayerischen Kronprinzen, dem späteren König Maximilian II., vermählt, dem 1835 in Budapest eine Badmagd den Tripper, eine sehr schmerzhafte, ansteckende und damals unheilbare Krankheit, übertrug. Als sein Vater, König Ludwig I., davon erfuhr, geriet er in Wut und Wehmut. Dieser läuft zwar selbst jedem Rock nach, in dem ein draller Mädchenleib steckt, doch er paßt auf. Cottons, überall zu erwerben, verhindern Kinder und Krankheiten, was schon Goethe wußte (*Römische Elegien*). Daß die katholische Kirche gegen solche und andere Kontrazeptionen ist, kümmerte Ludwig I. nicht oder nur wenig. Der siebte Himmel führte für ihn entgegen der Lehre seiner Religion überhaupt nicht zur Hölle.

Und so stürzt er aus allen Wolken, als er von der Dummheit seines Sohnes Maximilian hört. Natürlich spricht sich dessen venerische Krankheit schnell herum – in der Residenz und im Reich. Oskar Maria Graf (* 1894 Berg) faßt die Erzählungen am Starnberger See in seiner *Chronik von Flechting* (= Berg) zusammen. Von einem »unheilbaren Unterleibsleiden Seiner Majestät« ist da die Rede, von einer Krankheit, »dö wo ma bloß bei dö Bessern find't«.

Nach der Eheschließung 1842 ist Kronprinz Maximilian dann wenigstens so anständig und verschont seine Frau Marie von seiner Krankheit. Konkret: Marie hat keinen Tripper, dafür drei Geburten. Da tut sich natürlich ein mysteriöser Venusberg auf. In ihm agiert nach den *Memorabilien* Klenzes der persönliche Kellermeister des Kronprinzen und der Kammerdiener dessen Ehefrau, Guiseppe Tambosi (* 1794 Riva am Gardasee). Das ganze Spiel läuft nach dem Muster »Loth und seine Töchter« (*Altes Testament*) ab. Kellermeister Tambosi macht die unaufgeklärte Marie trunken und fällt dann über sie her. Daß man im Mai 1843 die Fehlgeburt »vor der Patientin geheim zu halten« weiß, wie der österreichische Gesandte Kast nach Wien berichtet, kann man kaum glauben, offenbart aber doch die Manipulationen an und mit dem schönen Mädchen aus Berlin.

Damit sind wir bei Maries erstem Sohn: Ludwig II., dem heute weltweit bekanntesten König unserer Erde. Zu seiner Konzeption ist zu sagen: Tambosi kombiniert mit großer Wahrscheinlichkeit die Mondphasen mit dem Monatszyklus des Mädchens, mischt eine Portion Aberglauben in sein allerhöchst angeordnetes Lustgewerbe und läßt Marie in der Nacht der totalen Mondfinsternis 1844 (24./25. November) abermals Wein reichen. Tatsächlich liegt neun Monate später der kleine Ludwig in der Wiege. Daß dieser ein Leben lang dem Vollmond huldigt, zeigen viele Bilder und Biographien. Das Geburtszeremoniell am 25. August 1845 in Nymphenburg sprengt alle Regeln. Die junge Mutter kann sich nicht wehren, ihr kranker Ehemann nimmt keinerlei Rücksicht. Der Nachwuchs ist für ihn dynastisch gesehen absolut erforderlich, um weiter Kronprinz bleiben und später (1848) König werden zu können.

Am Hof und dessen Dunstkreis kann das seltsame Treiben schon deswegen nicht geheimgehalten werden, weil man über den Zyklus der Marie wachen, sie auf ihre weinseligen Stunden vorbereiten, Tambosi von seiner Familie wegholen, ihn betreuen und aus der Hofkasse bezahlen muß. Und so erzählt der bereits erwähnte Schriftsteller Friedrich Bodenstedt, man pflegte darob ständig »wichtige, vertrauliche, für die Öffentlichkeit nicht geeignete Unterhaltungen«. Einer der bekanntesten Mitwisser ist Maries Hofmeister Vincent de Vaublanc, der in seinen Memoiren eiskalt über die »völligste Hingebung« seiner Herrin berichtet.

Auch König Ludwig I. weiß Bescheid und sieht zu, wie sein Sohn Maximilian ungeniert Guiseppe Tambosi den gesamten Hofkeller anvertraut, ihn dann zum Herold des *Ritterordens vom Heiligen Hubertus* schlägt und ihm die goldene Ehrenmünze des Königlichen Verdienstordens überreicht. Alles höchst übertriebene Ehrungen für einen gewöhnlichen Kammerdiener! Und Ludwig I. hört auch, wie die Reden immer ungenierter geführt werden und nimmt mit eigenen Augen wahr, wie die Körpergrößen von Maximilian und Ludwig immer deutlicher auseinanderklaffen. Der Kronprinz schießt ungewöhnlich in die Höhe, Maximilian dagegen erscheint als Zwerg.

Dann eine zweite Diskrepanz: Der Junge entpuppt sich immer mehr als strahlende Schönheit, den die Frauenwelt anhimmelt. Maximilian tritt als glattes Gegenteil in die Öffentlichkeit. Weiter sieht Ludwig seinem vorgeschobenen Vater überhaupt nicht gleich, sondern vielmehr der hübschen Leopoldine Tambosi (* 1830 München), der Tochter des königlichen Ersatzmannes und Kammerdieners. Das Gerede wird mit der Zeit so intensiv, daß Ludwig II. der Mutter vorwirft, »ihn nicht aus der Ehe mit König Max empfangen zu haben«. Der preußische Diplomat Philipp zu Eulenburg-Hertefeld (* 1847 Königsberg) erzählt das so. Wahrscheinlich kann Marie auf die entsprechende Neugierde ihres Sohnes auch nicht die Wahrheit sagen. Sie war ja betrunken, als man sie schändete.

Anmerken läßt sie sich diese Demütigungen kaum. Nur der letzte deutsche Tragödiendichter großen Stils, Friedrich Hebbel, wird stutzig: »Ist eine äußerst liebenswürdige Frau, ein rein weibliches Wesen mit einem ganz eigenthümlichen Gesichtsausdruck, in dem sich sehr wenig Bewußtsein ihrer hohen Stellung ausspricht, sondern eher eine Art Ängstlichkeit.« Diesen Satz schreibt er nach einer Audienz im März 1852. Vier Jahre später weilt der preußische Diplomat Karl von Varnhagen am Hof. Er meint: »Langweile am Hofe des Königs Max, die Königin – Tochter unserer Preußischen Prinzessin – langweilt ihn tödlich, er sie nicht minder.« Paul Heyse berichtet, wenn sich Marie etwas vorlesen läßt, müsse stets »das Wort Liebe durch Freundschaft« ersetzt werden.

30. Die freche und fesche Revolutionärin:
Caroline von Oettingen-Wallerstein

Aufstieg und Fall einer jungen Fürstin, die zwischen dem skandalösen Verhalten des Königs 1847/48 und der bedenkenlosen Verschuldung ihres Ehemannes zerrieben wird

* ✶ 19. August 1824 Donauwörth (Heilig Kreuz)
* ⚭ 27. Februar 1843 Graf Hugo Philipp von Waldbott-Bassenheim zu Buxheim etc. (✶ 30. Juni 1820; † 1895)
* ➢ Eine Tochter und ein Sohn
* † 14. Januar 1889 München; ⌂ Buxheim

Mutter: Crescentia Bourgin (✶ 3. Mai 1806; † 22. Juni 1853)
Vater: Fürst Ludwig von Oettingen-Wallerstein (✶ 31. Januar 1791 Wallerstein; † 22. Juni 1870 Luzern)
📖 Gotha, *MNN* (Todesanzeige, Nachruf)

☐ 1843 von Stieler angefertigt. Die Dame trägt Hermelin wie die Königin Marie. Auch bei ihr fehlt jeglicher Schmuck.

Mutter und Tochter in der *Schönheitengalerie*, das verrät eine besondere Neigung Ludwigs zur Familie. In der Tat, er schätzt den Vater bis zum Auftritt der Lola Montez. Und sein Töchterlein steht ihm nicht nach. Sie ist gerade 23 Jahre alt, als sie sich an den Massenaufmärschen gegen diese Tänzerin beteiligt. Auguste Escherich berichtet in ihren Memoiren über den Auftritt der Hübschen auf dem Max-Joseph-Platz: »Von den hoch ansteigenden Stufen des Hoftheaters hielt währenddem Gräfin Bassenheim, eine der vornehmsten Damen des höchsten Adels, eine fulminante Rede wider die verhaßte Spanierin.« Dann zieht sie mit der johlenden Masse in Lolas Haus an der Barerstraße.

Diesem Ideal staatsmännischer Gesinnung entspricht leider nicht die Ehe der jungen Schönheit mit dem Grafen Waldbott-Bassenheim. Die junge Dame begibt sich nämlich in die Hände eines Filous, der in allen Bereichen unehrenhaft handelt und sein gewaltiges Vermögen in kürzester Zeit zum Ruin bringt. Er landet schließlich im Schuldturm von München, wo auch sein einst reicher Schwiegervater Ludwig von Oettingen-Wallerstein sitzt. Nach Darstellung der Schriftstellerin Rosalie Braun-Artaria (✶ 1840 Mannheim) ist er »in solche finanzielle Tiefen gesunken«, daß er sich nicht einmal ein Hechtgericht (seine Lieblingsspeise) leisten kann.

Und so flieht und zieht das Ehepaar Waldbott-Bassenheim von München nach Luzern, wo man in der Nachbarschaft von Cosima und Richard Wagner, die in Tribschen wohnen, ein Haus mietet. Wie wir den Tagebüchern Cosimas entnehmen, weilt Caroline oft und lange im Haus des Komponisten und klatscht allerlei Intimes aus dem bayerischen Königshaus. Ein Eintrag Cosimas lautet: »Vieles durch sie (Caroline) über die bayerischen Zustände erfahren – Erbärmlichkeit des Königs Max, der sich vor dem Bürgermeister fürchtete, und Kammerherrn-Stellen, die für 300 Gulden zu haben wären.« Wenn die Schönheitskönigin so erzählt, ist der Komponist des *Parzifal* ganz hingerissen. Cosima meint dazu: »Merkwürdig vornehm und würdig sieht R(ichard) bei der Unterhaltung aus.« In Tribschen verkehrt übrigens auch Vater Ludwig von Oettingen-Wallerstein, der 1870 in Luzern stirbt.

31. Hofdame der mißbrauchten Königin:
Friederike von Gumppenberg

Die Tochter aus altem Bayernadel erlebt unmittelbar das Verbrechen an ihrer Herrin mit und durchläuft dann viele Stationen eines unbarmherzigen Schicksals in ihrer Familie

- ✶ 3. August 1823 München
- ⚭ München, 16. Mai 1857 Ludwig von Gumppenberg (✶ 1818 Würzburg; † 1883 Regensburg), Vetter Friederikes
- ➤ Ein Sohn
- † 21. Januar 1916 München

Mutter: Maria Theresia von Tannenberg (✶ 1787 Innsbruck; † 1836 München)
Vater: Franz Seraph von Gumppenberg (✶ 1780 Regensburg; † 1857 München)
📖 Gotha, *MNN* (Nachruf)

☐ 1843 von Stieler vor der Kulisse des bayerischen Oberlandes gemalt. Die Schöne trägt keinen Schmuck und am Himmel braut sich ein Unwetter zusammen.

Die Familie Gumppenberg steht bei König Ludwig in gutem Ruf. Aus ihrem Kreis stammt wohl sein bester Freund: Anton von Gumppenberg (✶ 1787 Breitenbrunn). Er ist auf den Kavaliersreisen in Italien dabei und organisiert so manches Rendezvous für seinen Herrn. Ihm allein verdankt er auch die Befreiung vom sechsten Gebot, wie bereits dargestellt (siehe Marianna Florenzi).

Schon aus reiner Dankbarkeit für den römischen Dienst beruft Ludwig eine junge Dame aus dieser uralten Familie Gumppenberg in die *Schönheitengalerie*. Ausgewählt wird sie vom König persönlich aus einer Vorschlagsliste, die aus den Namen von 13 Fräulein und einer Madame besteht.

Die Gumppenberg ist von Anfang an die Hofdame der Kronprinzessin (siehe Königin Marie). So vernimmt sie aus nächster Nähe die Manipulationen um die Herrin, deren Ehemann Maximilian sich in Budapest den Tripper holte. Aber nicht nur Protektion verleiht der 19jährigen den königlichen Rang einer Schönheit, sie hat auf Grund ihrer Liebenswürdig- und Freundlichkeit viele Verehrer und Gönner.

Leider kann sie sich keines sorgenlosen Privatlebens erfreuen. Ihr Ehemann, der ihr Vetter ist, wird bald krank. Seine letzten Lebensjahre verbringt man in Regensburg. Sechs Jahre später verliert sie ihren einzigen Sohn. Sie selbst wird 93. Im Nachruf lesen wir: »Die Verstorbene war die älteste Ehrendame des Theresienordens, der ihr bereits 1846 verliehen worden ist; auch war sie Ordensdame des Elisabethenordens. Sie war in jungen Jahren eine gefeierte Schönheit; König Ludwig I. ließ ihr Bild in der Schönheitsgalerie der Residenz verewigen.«

32. Die sanfte Malergattin und Modehändlerin:

Josepha Conti

Mehr schlecht als recht ergeht es der braven Tochter eines im Sold des Münchner Adels stehenden Hausdieners, die mit 15 einen dreimal so alten Maler heiraten muß

* 17. Februar 1825 München
1. ∞ München (Liebfrauendom), 4. November 1840 Anton Conti, Maler
2. ∞ um 1858 Anton Schirsner, Gerichtsrat
➢ Eine Tochter aus der zweiten Ehe
✝ 29. November 1881 München

Mutter: Clara Griesack
Vater: Michael Reh, Diener
📖 NN (Todesanzeige), Oertzen

☐ 1844 von Stieler gemalt. Relativ einfache Kleidung in Grün und Weiß. Kein Schmuck, und, so wie sie Stieler darstellt, auch keine ausgesprochene Schönheit.

Das Münchner Kindl erfährt die ganze Grausamkeit der Zeit. Vater Michael Reh, ein Diener, gibt seine 15jährige Tochter dem dreimal so alten Kunstmaler Anton Conti, mit dem sie nicht glücklich wird. Ebenso wenig reüssiert sie in ihrem Beruf als Modehändlerin! Bei ihrem zweiten Mann findet sie allerdings mehr Geborgenheit. Er ist Jurist und gehört so der bürgerlichen Oberschicht an. Man wohnt im Haus Lilienstraße 27 in der Vorstadt Au.

33. Die Dame der Welt von morgen:
Lady Emily Milbanke

Die Tochter des Earl of Mansfield, Esquire of Diggeswell, zeigt dem Maler Stieler in transparenter Offenheit mehr als die meisten Konkurrentinnen der *Schönheitengalerie*

* 12. März 1822 Paris
∞ 1843 John Ralph Milbanke (1800–1868), englischer Gesandter in München
➤ Viele Kinder
† 1910 London

Vater: Earl of Mansfield, Esquire of Diggeswell
📖 Oertzen, *Hof- und Staatshandbuch*

☐ 1844 von Stieler in einer Robe gemalt, die schon sehr an die transparenten Blusen der Neuzeit erinnert. Prächtiges Dekolleté ohne Schmuck.

Zwanzig Jahre verbringt diese wunderbare Frau in ihrem Münchner Haus an der Brienner Straße. Besuche aus aller Welt und eine stets wachsende Kinderschar sorgen für unentwegte Kurzweile. Und die Hausherrin schätzt man als liebenswertes Wesen, das immer ein Lächeln für jedermann übrig hat. Natürlich auch für König Ludwig, der gerne in ihrer Nähe weilt. Diplomatische Verwicklungen führen ihn denn auch öfter hierher.

Als im Sommer 1845 ein böser Artikel in der *Allgemeinen Zeitung* (Augsburg) gegen die Queen Victoria steht, protestiert naturgemäß der Gesandte. Darauf erwidert Ludwig, das Blatt (an dem auch Heinrich Heine mitarbeitet) sei kein bayerisches Regierungsorgan. Er bekennt: »Habe mein Kreuz mit der Allgemeinen Zeitung – von allen Seiten fast kommen mir bereits Klagen.« In den wichtigen Angelegenheit sei sie »meiner Ansicht schnurstracks entgegen, wie denn demagogisch ihre Richtung«.

1847 kommt es aber zum Bruch zwischen Monarch und Milbanke. In München weigert sich nämlich der Engländer Francis Bridgeman, der hier die Gräfin Törring-Minuzzi heiratete, einen Vertrauten der Lola Montez zu empfangen. Dieses erfährt der König, der sofort den Polizeipräsidenten anweist, zu Lola zu gehen und sie zu fragen, wie Bridgeman deshalb zu bestrafen sei. Die »listige

Hure« (Klenze) besteht auf Ausweisung. In dieser Situation wendet sich nun der so wider alles Recht behandelte Engländer, der immerhin Neffe des Prime Minister John Russell – und mit vielen Mitgliedern des Ober- und Unterhauses verwandt ist, an die hiesige Botschaft. Diese protestiert Anfang Februar beim König, der aber nicht nachgibt und schreibt: »Den Englischen Gesandten Mr. Milbanke schätze ich sehr, aber ich habe meine Gründe.«

Der König läßt sich von keinem in der Stadt umstimmen, und so vernehmen wir staunend Klenzes Feststellung: »Alles war vergeblich: Lola hatte befohlen und am 9. Morgens mußte Bridgeman München und seine kranke Frau verlaßen.« Emily Milbanke soll dem Wittelsbacher dies nie verzeihen.

34. Vom Schlag der Kaiserin Maria Theresia:
Auguste von Bayern

Als Tochter des Großherzogs Leopold II. von Toskana wird sie in München zwar mit »Kaiserliche Hoheit« angeredet, aber von den Niederschlägen körperlich geschwächt

* 1. April 1825 Florenz
∞ Florenz, 15. April 1844 Prinz(regent) Luitpold von Bayern (1821–1912), Sohn Ludwigs I.
➤ Eine Tochter und drei Söhne, darunter der letzte Bayernkönig Ludwig III.
† 26. April 1864 München, ☐Theatinerkirche in München

Mutter: Prinzessin Maria Anna Carolina von Sachsen (* 15. November 1799 Dresden; †24. März 1834 Pisa)
Vater: Großherzog Leopold II. von Toskana (* 8. Oktober 1797 Florenz; † 29. Januar 1870 Rom), Erzherzog von Österreich
∞ Florenz, 16. November 1817
📖 HStA, NN (Nachruf)

☐ 1845 vollendet Stieler dieses Werk, das wohl sein schlechtestes ist. Ein bißchen hübscher hätte man die »Kaiserliche Hoheit« schon konterfeien können. Kleid, Haar und Schleier in tristem Braun.

Auguste sieht ihr Schwiegervater Ludwig besonders gern. Sie hat einen ansehnlichen Stammbaum, ihre Ururgroßeltern sind Kaiserin Maria Theresia und deren Ehemann Franz I. (von Lothringen). Zu den Verwandten der jungen Frau gehören demnach alle Mitglieder des Hauses Habsburg. Weiter erinnert die gebürtige Florentinerin an seinen geliebten Süden, er spricht mit ihr italienisch.

Zur Hochzeit reist Ludwig allerdings nicht. Als Luitpold in Florenz ankommt, läßt er dem Vater sofort wissen: »Fuhr ich dem Palazzo Pitti zu; Mein Bräutchen winkte mir vom Fenster zu; trefflich und herzig aussehend fand ich mein liebes Gustchen.« Nachdem Ludwig in München seine neue Schwiegertochter in die Arme geschlossen hatte, erklärt er: »Besitzet eine schöne, große Gestalt, im Profil schön, daß ich überrascht wurde.« So läßt er sie denn auch gleich von Stieler »im Profil« malen, was ihr allerdings nicht zu ihrem Vorteil gereicht.

Das »liebe Gustchen« ist aber nicht immer nett zu ihrem Schwiegervater Ludwig und entpuppt sich Ende Februar 1848 zur lästigen Mahnerin. Inmitten der Revolutionsstürme wirft sie sich dem in die Lola Montez verknallten König zu Füßen und bittet ihn laut, von ihr abzulassen und sie auszuweisen. »Alles vergeblich«, schreibt Klenze. Als dann kurz darauf die empörten Münchner mit der Stürmung der Residenz drohen, »geschahen Fußfälle und thränenreiche Bitten der königlichen Familie« (Klenze), wobei sich Auguste »besonders entschieden und energisch benahm«. Aus diesem Grund sagt der König später, »sie gleiche nicht allein dem Gesichte, sondern auch der Seele nach, ihrer großen Ahne Maria Theresia«.

Aber nicht nur das politische Klima paßt der Florentinerin nicht. Winterskälte, Föhn und verregnete Sommer nagen an ihrer Gesundheit, und so darf sie bald und dann immer öfter, im Winter die gut geheizte Residenz nicht verlassen. Aber auch so erholt sich ihre Lunge nicht. Sie stirbt 39jährig in München. Im Nachruf schreiben die *Neuesten Nachrichten*: »Eine Frau von hohen Tugenden, eine vortreffliche Mutter ihrer Kinder, deren erste Erziehung sie selbst leitete.«

35. Die dünkelhafte und irre Königstochter:
Alexandra von Bayern

Nichts vom Geist und Geblüt des nichtadeligen Standes hält Ludwigs I. Tochter, die dann auch weder Ehemann noch Anschluß an die bürgerliche Gesellschaft findet

* 26. August 1826 Aschaffenburg
† 8. Mai 1875 München, ☐Theatinerkirche in München

Mutter: Therese von Sachsen-Hildburghausen (* 8. Juli 1792 Jagdschloß Seidingstadt; 26. Oktober 1854 München)
Vater: König Ludwig I. (* 25. August 1786 Straßburg; † 29. Februar 1868 Nizza)
∞ München 12. Oktober 1810 (erstes Oktoberfest)
📖 HStA, NN (Nachruf)

☐ 1845 wird die Königstochter von Stieler mit einem Efeukranz im Haar gemalt. Dieses Attribut weist darauf hin, daß sich das Mädchen als Dichterin betätigt, was den Vater natürlich freut. Er kennt den Ausspruch von Horaz: »Mich führt Efeu, kundiger Dichterstirnen Lohn den Göttern zu.«

Am Tag nach Ludwigs 40. Geburtstag geboren, ein tragisches Leben vor sich, das man dem hübschen Bild in der *Schönheitengalerie* nicht ansieht. Eine begehrte Partie, darf man annehmen. Das Gegenteil ist der Fall. Sie selbst klagt: »Für mich gibt es keinen Mann, die Prinzen sind alle zu jung oder zu alt für mich.« Doch damit sagt sie nicht die ganze Wahrheit. Alexandra wird vom Vater verzogen, nicht gefordert und oft allein gelassen. So eignet sie sich immer mehr Schrullen an. Der geniale Germanist Johann Andreas Schmeller erzählt, daß seine Schwiegertochter der »als geistvoll gerühmten« Prinzessin Klavierunterricht gibt. Da sagt diese einmal, Schmeller »wäre doch besser bei seinem Stande geblieben«. Süffisant schreibt der so Gedemütigte: »Als Kleinhäusler stünde ich bei Ihrer Königlichen Hoheit besser in Gnaden.«

Dazu muß man wissen: Der geistige Verfall der jungen Frau nimmt rapide zu. Sie erliegt einem wahren Reinlichkeitswahn, bildet sich ein, ein gläsernes Klavier verschluckt zu haben. Allein und allein gelassen stirbt sie unerwartet im Alter von 48 Jahren. Im Nachruf der *Neuesten Nachrichten* heißt es: »Dieselbe hatte sich an den vorhergehenden zwei Tagen, abgesehen von bei ihr öfter eintretenden kleineren Unpäßlichkeiten in normalem Wohlsein befunden.«

36. Die Dame mit dem Verlangen nach Geld und Geltung:

Eliza Gilbert alias Lola Montez

Die illegitime Tochter eines aus Irland stammenden britischen Fähnrichs ist für alle Begierden Ludwigs offen und führt mit ihren bösen Auftritten die Revolution herbei

* ✶ Februar/März 1820 Limerick/Irland als Eliza Gilbert (Mutter ist zur Zeit der Geburt 15 Jahre alt)
1. ∞ 23. Juli 1837 Thomas James († 1871); o/o 1842
2. ∞ 19. Juli 1849 George Rafford Heald (1828–1856)
3. ∞ 1853 Patrick Hall († 1853), Journalist
† 17. Januar 1861 New York; ⌷Greenwood-Friedhof New York (Inschrift: Eliza Gilbert)

Mutter: Eliza Oliver (✶ 1805; † 21. November 1875 London)
Vater: Edward Gilbert (✶ 1796; † 22. September 1823 Dinapore), britischer Fähnrich ∞ Cork, 29. April 1820
📖 Rauh/Seymour

☐ 1847; Stielers letztes Gemälde vor dem Sturz Ludwigs. Lola ganz in Schwarz und hochgeschlossen, nur im Haar drei blaßrote Blumen. Stuhl oder Sofa ebenso. Die Frage aller Fragen: Deutet der Maler die Endzeitstimmung so raffiniert an, daß dies sein Auftraggeber gar nicht merkt?

»So müssen Feen ausgesehen haben«, schreibt die Münchner Schriftstellerin Luise von Kobell über Lola Montez, die das bayerische Königreich in seinen Grundfesten erschüttert. Ludwig I. macht ihr, die sich fälschlicherweise als Spanierin ausgibt, sofort bei ihrem Eintreffen im Herbst 1846 den Hof und erhebt sie später sogar zur Gräfin Landsfeld. Unumwunden räumt er ein, »zum erstenmal die Liebe kennengelernt« und mit ihr seine Ehe mit Königin Therese wiederholt gebrochen zu haben.

Das alles würde die Münchner nicht besonders bewegen und erregen, wenn die gräfliche Schönheitskönigin den Wittelsbacher nicht ständig beeinflussen würde. Sie sind empört, weil sich Lola wiederholt in die Regierungsgeschäfte einmischt, des weiteren ehrbare Bürger verprügelt und beleidigt, ihren Hund auf sie hetzt und – wenn sie sich wehren – bei ihrem Geliebten auf Kerkerhaft für diejenigen dringt, die sich nichts gefallen lassen. Die Aufregung über die Lola ist allenthalben groß, nur der König begreift sie – so und so. Die Bürger schreien ihr »Saumensch« und »Luder« ins Gesicht, Baumeister Klenze nennt sie »Pariser Bordellpriesterin«, der Liebhaber indes preist sie als »mein Heldenmädchen«.

So eskaliert bald die Gewalt. Als Lola mit geballter Faust mitten durch einen Trauerzug rennt, beginnen die Handgreiflichkeiten auf der Straße und in der Universität, die sich bald in einen »Krater« (Kobell) verwandelt. Die königliche Mätresse hat nämlich in der Studentenverbindung der *Alemannen* eine tatkräftige Unterstützung. Klenze nennt sie alle »stigmatisirte Beischläfer, Spione und Schergen einer Königshure«. Immer wenn einer von den *Alemannen* einen Hörsaal betritt, stehen Professoren und Studenten auf und verlassen den Raum. Von den Rangeleien in der Universität bis zu den Messerstechereien auf den Straßen und Plätzen der Stadt ist es dann nicht mehr weit.

Erstmals prallt man Anfang Februar 1847 auf dem Odeonsplatz zusammen. Ein *Alemanne* zieht dort plötzlich einen Dolch und sticht auf einen Kommilitonen ein. Klenze ist Augenzeuge und berichtet: »Der Lärm zog mehrere Leute herbei und die *Alemannen* mußten in das nahe Kaffeehaus flüchten, welches bald von herbeieilenden Gendarmen umzingelt und gegen die Versuche, sich des Mörders zu versichern, geschützt wurde.« – Nur nebenbei: Das Kaffeehaus gehört dem Bruder des Giuseppe Tambosi (siehe Königin Marie)

Schnell spricht sich die Kontroverse der Studenten in der Stadt herum. Alles eilt zum Odeonsplatz und fordert die Auslieferung des Messerstechers. Doch der Polizeikommissar verweigert die Verhaftung. »Weil dazu kein Grund vorliegt«, sagt er. Das steigert die Volkswut dermaßen, daß man unverzüglich den König ruft. Dieser hat nun nichts besseres zu tun, als sich zu Lola zu begeben, »um Verhaltungsbefehle einzuholen und Anordnung zu ihrem Schutz zu treffen« (Klenze). Wutentbrannt kehrt Ludwig dann in die Residenz zurück und schreit die Königin Therese an: »Ich will den Buben zeigen, ob ich mir von ihnen Gesetze vorschreiben lasse.« Mit den »Buben« meint er die Gegner Lolas, was die Ehefrau natürlich weiß. Und sie ist sich ebenso sicher: Jeder Aufbruch – ein Ehebruch, wenn er zu Lola geht. Daß das nicht ganz verkehrt ist, räumt er auch ein.

Wie sehr »die Geschäfte leiden«, berichtet schon früh der preußische Gesandte Bernstorff nach Berlin, auch, daß Ludwig »das öffentliche Gefühl der Scham verletzt«. Als Therese ihren Mann einmal in ihrer ruhigen Art bittet, seine Rosenspur doch zu verlassen, antwortet er unverblümt: »Ehe ich nachgebe, lasse ich mich in Stücken hauen und mein ganzes Königreich in

Flammen aufgehen.« Ein andermal sagt er, »eher den letzten Blutstropfen zu verlieren als von Lola zu laßen«.

Wer immer den König auffordert, der fremden Schönheit den Laufpaß zu geben, überschreitet in seinen Augen die Grenze des Respekts vor der Krone und dem Throne. Ringsum fallen so der Reihe nach alle Getreuen plötzlich in Ungnade. »Jesuiten« nennt er verächtlich alle Kritiker des königlichen Lustspiels. Als Ludwig einmal den Saal der Reichsräte betritt, ruft er einem Mitglied dieses Gremiums zu: »Die Herrschaft der Jesuiten hat aufgehört.« Viele im Saal ergänzen diesen Ausspruch leise murmelnd mit dem Satz: »Die der Huren beginnt.« Ludwig I. hat natürlich längst vergessen, daß ihm einst ein Jesuit in Rom das Gewissen erleichterte, indem er erklärte, schwache Menschen dürften schon mal harte Ehefesseln gegen zarte Liebesbande umtauschen (siehe Marianna Florenzi).

Prominentester Lola-Gegner in München ist Erzbischof Reisach. Als dieser Kirchenfürst den König einmal ins Gebet nimmt, antwortet Ludwig, er werde nie zu Kreuze kriechen. Dann die Aufforderung: »Kümmern Sie sich um den Loyola und nicht um meine Lola!« Ein Satz, den uns der bereits erwähnte Sprachforscher Schmeller in seinem Tagebuch überliefert!

Natürlich herrscht ebenso in der Residenz dicke Luft. Königliche Hoheit fällt dort immer tiefer in der Gunst der eigenen Familie. Wenn Lola jemanden anschwärze, so bedauert Ludwigs Schwester Auguste Amalie (* 1788 Straßburg), »wird der Betreffende irgendwie bestraft, ohne sich rechtfertigen zu können«. Auch sie wirft sich dem Bruder zu Füßen und bittet ihn unter Tränen, Lola des Landes zu verweisen. »Thue die Binde von deinen Augen«, fordert sie ihn auf und fährt fort: »Man hat dich umstrickt, du kennst die Wahrheit nicht, es droht Gefahr.« So jedenfalls steht es im Tagebuch der königlichen Schwester.

Auch ihr Sohn Max, der mit der Zarentochter Marie verheiratet ist, bittet und bettelt. Zu ihm sagt ganz erzürnt der Monarch: »Ich will und muß es durchsetzen und sollte es mich Thron und Leben kosten.« Darauf antwortet Max: »Wir leben in einer Zeit, wo die Könige leicht in die Lage kommen können, für ihren Thron ihr Leben einsetzen zu müßen.« Dem Monarchen treffen diese weisen Worte des Neffen natürlich nicht. Im Gegenteil! Der König setzt dem Vorgang noch die Krone auf und brüllt wie ein Verrückter: »Ich muß, ich muß, ich muß meinen Willen durchsetzen.«

Ein treuer Gefolgsmann ist dagegen der Ministerverweser des Innern, Franz Berks, der allgemein »Huren-Minister« tituliert wird. Dieser überall in München verachtete Politiker erhält nun eine Hiobsbotschaft, die er sofort an den König weiterleitet und die diesen erstmals wirklich erschüttert. Was passiert? Berks ist in seiner Position auch Chef der Polizei. Aus dem Aktenstudium weiß er nun, daß Bewohner der Landeshauptstadt wiederholt in Sprechchören geschrieen haben: »Schlagt das Luder tot.« Doch das hat man in der Vergangenheit nicht so ernst genommen. Jetzt unterbreitet Berks dem König handfeste Beweise von der Existenz eines Bürgertribunals, das Lola zum Tode verurteilt hat. Der Gerichtsspruch gilt nur dann als nichtig, wenn Lola sofort und für immer die Landeshauptstadt verläßt.

Damit hat nun Ludwig nicht im entferntesten gerechnet. Schrecklich der Gedanke, daß er den hübschen Körper seines Schätzchens nie mehr berühren kann! Und das Revolutionsgericht verkündet auch, was mit der exekutierten Geliebten passiert. Man werde exakt eine Stunde nach Ablauf des Ultimatums ihre Leiche an der Residenz »an den Haaren vorbeischleifen«.

Architekt Klenze ist bei der Übermittlung dieser Nachricht des Ministerverwesers Berks anwesend. In sein Tagebuch schreibt er: »Des Königs Gesichtszüge verzogen sich krampfhaft und er sagte zorn- und furchterfüllt: was, was wagen Sie mir da zu sagen?« Berks wiederholt nun wörtlich die Nachricht von der bevorstehenden Hinrichtung der Mätresse. Da schießt dem König der Gedanke durch den Kopf, sofort das Militär in München einmarschieren zu lassen. Sicherheitshalber fragt er vorher den Kommandanten, ob er sich auf sein Heer, das ja den Eid auf die Krone leistete, verlassen könne. Und er erhält die Antwort, Armeen seien nicht für Amouren zuständig. »Für die Gräfin Landsfeld drückt kein Soldat das Gewehr los oder zieht den Säbel«, sagt der Befehlshaber zu dem in den Netzen der Liebe gefangenen König. Aus Angst um das Leben der Mätresse verkündet Ludwig nun sofort die Ausweisung Lolas. Klenze: »Der Jubel überstürzte sich.«

Doch diese weigert sich zunächst zu fliehen. Erst als Ludwig von »ewiger, unverbrüchlicher Treue« spricht, verläßt der nunmehr vogelfreie Star des Königs sein luxuriöses Liebesnest an der Barerstraße. Vorher pickt er dort freilich noch alle »Diamanten und sonstige Errungenschaften kloacinischer Erotik« zusammen (Klenze). Draußen warten Tausende auf den »prickelnden Augenblick« des Aufbruchs, wie sich Schriftstellerin Luise von Kobell ausdrückt. In einem unvermuteten Moment, so erzählt sie weiter, reißt »eine Anzahl Polizeidiener die Tore auf, und der Wagen, in welchem die Gräfin Landsfeld saß, fuhr blitzschnell dahin«. Nur »der gut berechnete Fluchtplane«, so urteilt Klenze, hat die Ermordung der Gehaßten vereitelt.

Den Zeitpunkt der Flucht wartet Ludwig I. vor der Pinakothek ab. Dann strebt er dem Lola-Palais zu, das die wütende Menge jetzt plündern will. »Was macht ihr Leute! Das ist ja mein Haus, eures guten Königs Haus«, ruft er den aufgebrachten Münchnern zu, die sofort ihren Plan aufgeben. Er geht kurz in das Haus, in dem ihm Lola einst gewährte, was er begehrte und findet dort ein Billetdoux der Geliebten mit der Nachricht, sie fliehe gerade nach Großhesselohe. Sofort erhält sie Antwort: »Es war sehr süß, für Dich zu leiden.« Seine Ehefrau Therese herrscht er an, er sei jetzt Lola noch mehr als früher verbunden.

Sagt es und reist nach Großhesselohe. Der dortige Wirt erzählt ihm, Lola sei schon wieder weg. So verbringt der Liebhaber die Nacht auf einem Sofa der Gaststätte. Am Morgen erfährt er dann vom Aufenthalt der Mätresse in der Blutenburg. Sofort will er dorthin. Doch jetzt sagt ihm Ministerverweser Berks, dann sei Lolas Leben nicht mehr zu retten. Ein Todeskommando verfolge die Spur des Königs.

Während die Mätresse nunmehr nach Lindau flieht, kehrt Ludwig in die Residenz zurück. Zu seiner Schwester Auguste Amalie sagt er dort, er liebe Lola mehr denn je. Die so Angesprochene zuckt zusammen. Daraufhin schreit er ihr ins Gesicht: »Hast du mich verstanden?« Die Schwester notiert in ihr Tagebuch: »Welch schreckliches Erwachen, wenn er den Abgrund sieht, in den er sich gestürzt hat.« Eine lolafeindliche Hofdame brüllt er an: »Ich rathe Ihnen, nicht zu früh zu triumphieren.« Als er dem populären Grafen Pocci begegnet, poltert er: »Glauben Sie auch, daß ich dem Geschrei und den Intrigen nachgegeben habe? Sie irren sich!« Dann: »Was ich that, war nur, um das Leben eines Engels zu retten. Ich bin und bleibe, wer ich war.«

Diese sture Haltung erzürnt jetzt erst recht die Menschen. In den Straßen hallen die alten Parolen wider. Eine Aufforderung an den König, die Freiheiten Frankreichs auch in Bayern zu gewähren, unterzeichnen binnen kurzer Zeit 10000 Münchner. Inzwischen werden auch Stimmen laut, den König hinzurichten. Schon sind auf seinen Kopf 4000 Gulden ausgesetzt.

All dies führt zu einer Krisensitzung in der Residenz. Der schon mehrfach erwähnte Minister Oettingen-Wallerstein macht Ludwig darauf aufmerksam, daß die Bürger in Kürze schwer bewaffnet das Schloß belagern werden. Fürst Wrede rät zum harten Eingreifen des Militärs. »Mit einer Charge Kartätschen wird Alles abgemacht seyn«, sagt er. Plötzlich vernimmt man den Generalmarsch. Trompeten schmettern, die Truppen rücken aus. Wenn es jetzt zu Blutvergießen kommt, das weiß der König, dann stehen Monarchie, Mätresse und Menschenleben gleichermaßen auf dem Spiel. Buchstäblich in allerletzter Sekunde kann er die Mobilmachung verhindern.

Kaum ist das Militär zurück in die Kasernen gekehrt, wollen vier Vertreter der Münchner Bürger zum König. »Ihre Hosen sind mit Koth bespritzt«, teilt Oettingen-Wallerstein mit. Die Herren kommen vom Rathaus, in dem man Freiheit für sich und von Lola fordert. »Erscheint man so vor seinem

König?« fragt entrüstet Ludwig die nicht standesgemäß gekleideten Bürger. Diese werfen sich dem Wittelsbacher vor die sauberen Füße.

Draußen ist dafür jetzt die Hölle los. »Glaubt dem Hurenkönig nicht«, lauten die Sprechchöre. Über die beiden Isarbrücken strömen unentwegt die Bauern aus Haidhausen, der Au und Giesing. Da wird das Gerücht ausgestreut, jeden Augenblick träfen die berüchtigten Chevaulegers aus Augsburg ein. Pflaster werden aufgerissen, Bräuwagen und Bierfässer in Barrikaden verwandelt. »Wir sind verrathen«, »Zu den Waffen«, lauten die Parolen zwischen Sendling und Siegestor.

Dann Schauplatz Jakobsplatz! Die Münchner stürmen dort das Zeughaus. Das letzte Gewehr wird entfernt, um es gegen die königlichen Truppen einsetzen zu können. Auch Armbruste und Morgensterne werden entwendet. Viele Bürger setzen Helme und Sturmhauben auf. Über den Stachus marschieren dann etwa 7000 Männer zum Promenadeplatz. Ständig ergänzt sich dieser Zug um weitere Kämpfer. Insgesamt stehen schließlich rund 20000 Freischützen zum Sturm auf das Haus Wittelsbach bereit. Dort zittern an diesem 4. März 1848 König und Königin. Alle Kinder hat man aus Sicherheitsgründen fortgeschickt. Königin Therese weigert sich, den Palast, der jetzt in Flammen aufgehen soll, zu verlassen. In der Stunde der höchsten Gefahr schreibt Ludwig seiner Lola nach Bern. Letzter Satz: »Ich küsse Deine Füsse«.

Als dann am 4. März 1848 eine mehr schlecht als recht bewaffnete Bürgerarmee auf die Residenz zumarschiert, um sie in Brand zu stecken, reitet ihnen plötzlich auf dem Promenadeplatz der populäre Prinz Karl, Bruder des gehaßten Königs (siehe Caroline von Holnstein), entgegen. Wenn an diesem Tag einer noch die Wittelsbacher vor der Sturzflut retten kann, dann nur er. Man soll ihn anhören, schreit er von seinem Gaul herab. Tatsächlich verstummen die Revolutionäre. Prinz Karl hält nun ein königliches Billett in die Höhe und erklärt, Ludwig I. sei bereit nachzugeben. Schon am 16. März sollen die Stände zusammentreten, die geforderten Reformen würden schnell bewilligt. Dafür gibt Karl vor Tausenden von Leuten sein »Ehrenwort«.

Doch die Botschaft des hohen Reiters hat einen Pferdefuß für die Münchner. Sie halten nämlich den Monarchen für genauso verlogen wie den inzwischen abgetretenen Innenminister Abel. »Man darf dem König nichts mehr glauben, die Huren und Pfaffen haben ihm das Lügen gelernt«, schreien die aufgebrachten Menschen und fügen hinzu: »Wir wollen und können ihm nichts mehr glauben.« Ein Bürger ruft: »Wer steht mir dafür, daß die Schrift wirklich von dem Könige ist und er sie nicht am Ende noch verleugnet.«

Augenzeuge dieses Auftrittes ist Architekt Klenze, der in seinen *Memora-*

bilien schreibt: »So weit hatte es ein Fürst gebracht, welcher seinen höchsten Ruhm darin setzte, stets die Wahrheit zu sagen.« Klenze geht nun auf dem Promenadeplatz zu dem zweifelnden Mitbürger und erklärt, die Schrift sei eindeutig die Ludwigs. Darauf antwortet der Bürger: »Nun wenn Sie es uns versichern, Herr Geheimrath, so können und wollen wir es glauben.« Und jetzt geschieht ein Wunder. Revolutionäre und Gewehre verschwinden von der Straße. Mehr gezwungen als freiwillig gewährt Ludwig dann die vollständige Pressefreiheit, Aufhebung der Zensur, die öffentliche und mündliche Rechtspflege mit Schwurgerichten, Verantwortlichkeit der Minister und ein liberales Polizeigesetzbuch.

Schon beginnen sich die Wogen zu glätten, da geht der Polizei in der Nacht vom 8. auf den 9. März ein großer Fisch ins Netz: Lola Montez. Sie sei »wie ein Mann bekleidet«, schreibt sie dem König, und verstecke sich im Haus ihrer Münchner Freundin Caroline Wegner an der Wurzerstraße. Zu ihrem Unglück wird sie dort aber von einem Offizier erkannt. Die von ihm alarmierte Polizei entdeckt sie unter einem Sofa und schleppt sie in die Arrestzelle an der Weinstraße. Sofort eilt der Polizeichef in die Residenz, wo der König aus dem Schlaf gerissen wird.

Unverzüglich läßt sich Ludwig zur Zelle seiner Lola kutschieren. Dort fallen sich die zwei Liebenden in die Arme. Nach dem dreistündigen Rendezvous in der ungemütlichen Zelle macht ihr der Liebhaber aber klar, daß sie in höchster Lebensgefahr stehe. Sie müsse unverzüglich die Residenzstadt wieder verlassen. Kaum zu Hause schreibt er ihr: »Es ist ein Traum, daß ich Dich gesehen habe.« Und: »Ich bin treu, und ich bin immer treu gewesen, und ich werde es immer sein.« Dann die Zusicherung: »Ich will für Deinen Unterhalt sichergehen.«

Am nächsten Tag (9. März) ist zwischen dem Alten Peter und dem Dom die Hölle los. Eine neue Bewaffnung kann in allerletzter Sekunde verhindert werden. Die Polizei verbreitet nämlich nach Darstellung Klenzes die Nachricht, »der König habe die Gefangene auf das Härteste behandelt, ja mißhandelt, ihr mit ernsten Drohungen verboten, die Stadt noch einmal zu betreten«. Daß dies nicht der Wahrheit entspricht, bestätigt sogar Ludwig. Zu Freund und Feind sagt er in seinem Liebestaumel: »Nun da ich doch alles genehmiget habe, werde ich doch wol bald die gute Lolita wiederkommen lassen können.« Die Zeit der Wort- und Ehebrüche soll also munter fortgesetzt werden.

Doch dafür sind die Münchner zu hellhörig. Und so marschieren sie am 16. März 1848 zur Residenz und werfen dort die Fenster ein. »Weg mit dem Hurenhengst«, schreien die Leute. Sofort läßt Ludwig daraufhin das Militär zusammentrommeln. Kurz darauf ertönen die schrillen Töne des Generalmarsches. Die unbewaffneten Bürger fliehen sofort in ihre Häuser. Am anderen Tag schreibt er an Lola: »In München wird heute nachmittag etwas Fürchterliches passieren.« Und so ist es auch. Der neue Ministerverweser Thon-Dittmer aus Regensburg, läßt dem Wittelsbacher unmißverständlich wissen, daß er der Montez das bayerische Heimatrecht (Indiginat) entzieht. So hat ihn, den König, noch kein Mensch angeherrscht. Ludwig ist schokkiert und blamiert zugleich. Erstmals denkt er jetzt an Flucht von Thron und Therese, um seinen Schatz in der Schweiz aufzusuchen.

Doch Thon-Dittmer wird noch rabiater. Er gibt einer Druckerei den Auftrag für ein Plakat mit folgendem Inhalt: »Wir Ludwig I. von Gottes Gnaden König von Bayern finden Uns zu der Erklärung bewogen, daß die Gräfin Landsfeld das bayerische Indiginat zu besitzen, aufgehört hat.« An allen Straßenecken ist diese Erklärung zu lesen. Dann das nächste Plakat: »In Anbetracht, daß die Gräfin Landsfeld, welche laut Allerhöchster Entschließung vom heutigen aufgehört hat, das bayerische Indiginat zu besitzen, ihre Versuche nicht aufgibt, die Ruhe der Hauptstadt und des ganzen Landes zu stören, sind unter dem Heutigen alle Gerichts- und Polizeibehörden des Königreichs angewiesen worden, auf besagte Gräfin zu fahnden, um sie überall, wo man sie finden mag, zu Haft zu bringen und auf die nächste Festung zu verschaffen, um sie sofort der richterlichen Untersuchung zu überweisen.«

Während ringsherum in München alles brennt, denkt der König nur an seine Flamme. Er küßt immer wieder die Büste Lolas. Seine Frau Therese indes weint »bittere Tränen«, erfahren die Münchner. Bei jedem Versöhnungswort herrscht er sie bar jeglicher Selbstkontrolle an. Noch am 18. März schreibt er dagegen seiner Mätresse: »Du kannst Dir sicher sein, daß, wenn meine so sehr Geliebte mir treu ist, ich das auch bleiben werde.« Weiter: »In München ist alles verrückt.«

Nur sich selbst hält Ludwig noch für normal. Wie gemein er ist, zeigt auch der Ton, in dem er von seinen früheren Gespielinnen Charlotte Hagn, Constanze Dahn und Carolina Licius spricht. Dann die Revolution! Und so teilt Ludwig am 19. März der Lola mit: »In dieser Stunde habe ich abgedankt, freiwillig, ohne daß es jemand vorgeschlagen hatte.« Der König wieder einmal als Lügenbaron!

Dann baut die abgedankte Majestät kühne Luftschlösser. »Mein Plan ist, im April in Vevey anzukommen, um dort in Deine Arme zu fallen und einige Zeit mit Dir zu leben.« Anschließend der Satz: »Wenn er mit seiner Lolitta ist, wird glücklich sein Dein treuer Luis.« Beide sollen sich trotz intensiver Bemühungen nie wieder sehen, Lola von ihm aber viel Geld erhalten.

37. Die Gattin eines Journalisten:

Marie Dietsch

Einen tiefen Einblick in die Intrigen der Zeit erhält die Tochter eines Oberpfälzer Schneiders, die unmittelbar die Scherereien mitbekommt, die ihr Ehemann so hat

* 19. Juli 1835 München
∞ 23. Oktober 1865 Georg Sprecher, Journalist
† 6. Februar 1869 Augsburg

Mutter: Crescentia Wintergast
Vater: Joseph Dietsch, Schneider aus Schwandorf
NN (Todesanzeige), Oertzen

☐ 1850; letztes Gemälde Stielers für die *Schönheitengalerie*. Er bringt hinter dem Rücken der zarten Frau ein Efeugeflecht an, das Attribut der Dichter (siehe Alexandra von Bayern). Da jedes Symbol bei Ludwig seine Bedeutung hat, gehen wir nicht fehl in der Annahme, daß Marie dem König in irgendeiner Form einen Reim zukommen ließ. Nach einem Brief Ludwigs vom 15. Februar 1849 an Lola Montez ist Marie Dietsch die 36. Schönheit der Galerie.

Nach der Vollendung des Lola-Gemäldes suchen Auftraggeber und Maler drei Jahre lang nach einem Modell. In dem oben zitierten Brief Ludwigs heißt es wörtlich: »Der einzige Platz, der, wie Du weißt, in meiner *Schönheitengalerie* offengelassen ist, ist noch nicht gefüllt. Stieler, in dessen Interesse es liegen müßte, ihn zu füllen, hat keine gesehen, die es wert wäre. Daß ich keine gesehen habe, ist keine Überraschung, da ich auf keinem Ball gewesen bin.«

Dem Schreiben entnehmen wir also, daß es Marie Dietsch »wert« ist, den Abschluß des Unternehmens zu bilden. Nach Abdankung und Trennung von Lola entsteht jetzt das exakte Gegenbild zu der raffinierten und verlogenen Tänzerin. Die schwarze Jacke mit dem weißen Spitzenkragen und das rote Band über der Brust greifen zwar das Kostüm der Lola auf, doch darunter ist das weiße Tuch der Unschuld nicht zu übersehen.

Das Bild markiert darüber hinaus die letzte Wende im Leben des Wittelsbachers. Mit der Robe der Schneidertochter hat er natürlich nicht die bösen

Scherereien wie mit dem Mieder der Lola, das er nach seinen eigenen Worten von oben und unten fachgemäß öffnen konnte und auch geöffnet hat. Daß er mit Marie, die übrigens auch das Handwerk der Schneiderei lernt, nie anbandelt, darf man getrost glauben.

Als 30jährige führt diese Schönheit der Redakteur der *Augsburger Abendzeitung*, Georg Sprecher, zum Traualtar. Er weiß um die jüngste Knebelung der Presse, um die erbarmungslose Willkür der Zensoren und um die Einstellung des abgedankten Königs, wonach er allein die brutale Lüge zur allgemein geltenden Wahrheit verwandeln könne. Als »Frau Redakteur« erlebt die schöne Marie die nunmehr einsetzende Blüte des deutschen Pressewesens mit.

Freilich, nicht sehr lange! Das Eheglück an der Seite des Journalisten währt nur kurz, denn Marie hat bald mit einem »mehrjährigen Lungenleiden« zu kämpfen, wie wir der Todesanzeige entnehmen. Witwer Sprecher schreibt, er habe mit dem »liebevollen Charakter« eine »höchst glückliche Ehe« geführt.

38. Die stets abweisende Begehrte:

Carlotta von Breidbach-Bürresheim

Da sie sich ein Glück an der Seite eines um 52 Jahre älteren Mannes überhaupt nicht vorstellen kann, erwehrt sich die Rheinländerin immer wieder der Anträge Ludwigs

* ✶ 5. Juni 1838 Biebrich/Rhein
* ∞ München, 28. Januar 1863 Johann Philipp von Boos zu Waldeck (✶ 1831 Frankfurt; † 4. September 1917 bei Salzburg)
* ➢ Zwei Töchter, zwei Söhne
* † 1920 Abbazia

Mutter: Walburga Karoline von Greiffenclau zu Vollrads (✶ 1808 Prag; † 1858 Biebrich)
Vater: Philipp Jakob von Breidbach-Bürresheim (✶ 1792 Mainz; † 1845 Wiesbaden), Oberzeremonienmeister beim Herzog von Nassau
📖 Gotha

☐ 1859 von Friedrich Dürck, einem Neffen Stielers, gemalt; in Nymphenburg separate Hängung

Ludwigs Frau Therese starb 1854 in München, er ist seitdem Witwer und sucht nach einer neuen Gefährtin. Da fährt er eines Tages zu seiner Tochter Mathilde nach Darmstadt und trifft dort das 18jährige Hoffräulein Carlotta von Breidbach-Bürresheim, dessen Vater beim Herzog von Nassau angestellt ist. Diese oder keine, denkt er und wirbt um die Schönheit. Er schreibt lange

Liebesgedichte. »Unwiderstehliche, heilige Gewalt,/hat mich an Dich, holdselige gezogen;/Der Züge Schönheit nicht, nicht der Gestalt,/Dein Wesen war's, und nicht hat's mich betrogen.« Und weiter: »Die unergründbare, namenlose Macht/Das Herz, entzündend, zu dem Herzen bringet;/Bevor geahnt es wird, ist es vollbracht;/Es in das Innerste des Lebens dringet.«

Schon träumt der nunmehr 70jährige von einer Ehe zur linken Hand, er verspricht wie weiland Goethe (73) der Levetzow (19), wir erinnern an die *Marienbader Elegie*, dem Fräulein Respekt und Ruhm. Doch ohne Erfolg! »Ich kann und kann nicht!« Das sind die Worte aus dem Mund der heiß Begehrten. Nach diesem Nein gibt die Ersehnte Ludwigs dem um 45 Jahre jüngeren Grafen Waldeck da Jawort.

Doch Glück ist ihr nicht beschieden. Ihr Ehemann verliert 1873 fast sein ganzes Vermögen. So muß er nach Regensburg übersiedeln, wo er in den Dienst der Erbprinzessin Helene (Schwester der Kaiserin Elisabeth) tritt. Fast zwölf Jahre lebt die schöne Carlotta in der Donaustadt, wo soeben die von ihrem einstigen Verehrer Ludwig vollendeten Domtürme die Besucher aus nah und fern anlocken und wo sie Ansehen genießt.

Ihre letzte Zeit verbringt sie im mondänen Seebad Abbazia/Istrien, einem Kurort mit südlicher Vegetation, jährlich 15 000 Kurgästen und reizenden Strandwegen. Als sie 1920 dort stirbt, befinden sich längst Monarchie und Gottesgnadentum ihres Verehrers von einst auf der Müllhalde der Geschichte. Deutschland und Bayern sind seither Republiken, und die Frauen haben erstmals das Wahlrecht.

39. Das Schlußlicht ohne besondere Leuchtkraft:

Anna von Greiner

Aus anderem Holz als die Mehrzahl ihrer Zeitgenossinnen geschnitzt ist die illegitime Tochter eines hessischen Schreiners, die den Sprung in die königliche Galerie schafft

* 29. Juni 1836 Hausen bei Frankfurt
∞ 6. Februar 1861 Emil von Greiner, Gutsbesitzer; o/o 1865
† um 1870
Mutter: Wilhelmine Herrlich
Vater: Christian Bartelmann
📖 Oertzen

□ 1861 von Dürck gemalt (Signatur neben dem rechten Oberarm Annas); in Nymphenburg separate Hängung.

Schon als Mädchen bewundert Anna ihre unglückliche Mutter Wilhelmine, die im Chor der Frankfurter Oper singt. Und so erklärt sich ihr Drang zur Bühne. Von 1857 bis 1860 bezaubert sie als Schauspielerin die Münchner. Sie kündigt und geht dann nach Wien, kehrt aber im Jahr darauf wieder zurück. Hier heiratet sie den Gutsbesitzer Emil von Greiner. Dieser ist für Ludwig kein Unbekannter, stand doch dessen Vater in königlichen Diensten. Es war dies Johann Baptist von Greiner (1782–1857), den er 1834 adelte und 1840 als Regierungsdirektor nach Ansbach versetzte. Gegenüber Klenze nennt ihn der Wittelsbacher »einen ausgemachten schlechten Kerl«. Das sagt freilich bei den vielen ehrenhaften Feinden des abgedankten Monarchen nichts!

Der Auftraggeber

König Ludwig I. wird am 25. August 1786 in Straßburg als Sohn des Pfalzgrafen Max Joseph (1756–1825) und dessen Ehefrau Auguste (1765–1796) geboren. Zu diesem Zeitpunkt ist noch nicht abzusehen, daß Vater und Sohn einmal den Bayernthron besteigen können. Nach dem frühen Tod der Mutter heiratet Vater die badische Prinzessin Karoline (1776–1841), die ihm zweimal Zwillinge schenkt. 1810 Hochzeitsfest mit Therese von Sachsen-Hildburghausen (1792–1854), dem ersten Oktoberfest. Der Ehe entsprießen neun Kinder. 1825 wird Ludwig Bayernkönig. Er hat zwei große Leidenschaften: Architektur und Amouren. Im Alter räumt er freiwillig ein, die Liste seiner Mätressen sei ebenso stattlich wie die seiner Bauten und Denkmäler. Von Letzteren nennen wir nur: Walhalla und Befreiungshalle bei Regensburg und das Pompejanum in Aschaffenburg, weiter in München die Glyptothek, St. Bonifaz, Siegestor, Ruhmeshalle, Alte und Neue Pinakothek, Universität, Feldherrnhalle, die beiden Residenzflügel und die Bavaria. 1848 wird Ludwig wegen seines Verhältnisses zu Lola Montez zur Abdankung gezwungen. Er stirbt am 29. Februar 1868 in Nizza.

Der Maler

Joseph Stieler wird am 1. November 1781 in Mainz als Sohn eines Hofmedailleurs geboren. Studium in Würzburg, wo seine erste Geliebte das Licht der Welt erblickt, die Sängerin Regina Hitzelberger. Diese bezaubernde Frau muß er 1808 an Ludwig abtreten, 1821 malt er sie im Stil der Bilder der *Schönheitengalerie*. Stieler ist so berühmt, daß er fast alle Großen seiner Zeit porträtiert, Kaiser, Königinnen und den Dichterfürst Goethe. Vor ihm sitzen Beethoven und Schelling, Eugen Beauharnais und Marschall Wrede. Vor allem arbeitet er für seinen Herrn Ludwig, dem er immer treu ergeben ist. Dieser zieht ihn nach der Abdankung 1848 ins Vertrauen und sagt zu ihm über Lola Montez: »Während sie mir Liebe heuchelte, wollte sie nur Geld von mir; sie hat mich um zwei kostbare Dinge gebracht: um meine poetische Illusion und um meinen Thron.« Meister Stieler stirbt nach einem arbeitsreichen Künstlerleben am 9. April 1858 in München. Sein 1842 geborener Sohn Karl Stieler ist ein im 19. Jahrhundert geschätzter Mundartdichter.

Zur Galerie

I

1b Augusta Strobl	32 Josepha Conti
28 Carolina Licius	17 Caroline von Holnstein
20 Lady Jane Erskine	25 Antonie Wallinger

II

15 Crescentia von Oettingen-Wallerstein	14 Sophie von Österreich
8 Nanette Kaula	26 Katharina Botzaris
31 Friederike von Gumppenberg	29 Königin Marie

III

2 Maximiliana Borzaga	34 Auguste von Bayern
30 Caroline von Oettingen-Wallerstein	35 Alexandra von Bayern
36 Eliza Gilbert/ Lola Montez	37 Marie Dietsch

IV

24 Rosalie Julie von Bonar	3 Amélie von Kruedener
1a Augusta Strobl	5 Isabella von Tauffkirchen
9 Anna Hillmayer	6 Christiana Caroline von Vetterlein

Heute umfaß die einst in der Residenz (!) beheimatete und jetzt im Schloß Nymphenburg präsentierte *Schönheitengalerie* sechsmal sechs geschlossene Einheiten. Zwei weitere Gemälde (Nummer 38 und 39) hängen im Nebenraum. Ein Bild (Nummer 23) wird nach dem Ersten Weltkrieg wahrscheinlich Beute eines Kunstraubes. Niemand weiß, wo es sich befindet. Eines der schönsten Damenporträts (Nummer 18) ist heute legal in Privathand. Die derzeitige Hängung in Nymphenburg wird der Chronologie nicht gerecht.

V

22 Wilhelmine Sulzer	33 Lady Emily Milbanke
12 Marianna Florenzi	7 Regina Daxenberger
13 Janthe Ellenborough	11 Amalia von Schintling

VI

21 Mathilde von Jordan	27 Elise List-Pacher
4 Charlotte Hagn	16 Irene von Arco-Pallavicini
19 Lady Teresa Spencer	10 Helene Sedlmayer

Zum Buch

Die Reihenfolge der hübschen Damen erfolgt nach dem Anciennitätsprinzip im Atelier Stieler, die einzelnen Lemma sind unterschiedlich lang und spiegeln meistens die Intensität der Beziehungen zwischen Monarch und Modell. Zu den Lebensdaten der Schönheiten und ihren Familien – siehe Rubrik Signa am Ende!

Literatur

ARCHIVALIEN:
Bayerisches Hauptstaatsarchiv München (HStA): Adelsmatrikel
Fürstlich Thurn und Taxissches Zentralarchiv Regensburg (FZA): Akte Mathilde Therese
Bayerische Staatsbibliothek München: Klenze, Leo: Memorabilien oder Farben zu dem Bilde, welches sich die Nachwelt von Ludwig I., König von Bayern, machen wird (ungedruckt), Klenzeana
Privatarchiv Angelika Boese: Ich danke meiner lieben Kollegin für die Genealogie ihrer Ahnen Sedlmayer (*Die schöne Münchnerin*)

GEDRUCKTE QUELLEN:
Adreßbücher Münchens 1818, 1835, 1842, 1850, 1877 (in der Monacensia-Abteilung der Stadtbibliothek)
Andersen, Hans Christian: Eines Dichters Bazar, Weimar o. J.
Bauer, Karoline: Aus meinem Bühnenleben, Berlin 1871
Braun-Artaria, Rosalie: Von berühmten Zeitgenossen, München 1925
Escherich, Auguste: Lebenserinnerungen aus dem Königreich Bayern, München 1985
Genast, Eduard: Aus dem Tagebuch eines alten Schauspielers, Band 3, Leipzig 1865
Gesandtschaftsberichte aus München 1814–1848, München 1935 ff.
Hof- und Staatshandbuch, München 1827 ff.
Kobell, Luise: Unter den ersten vier Königen Bayerns, München 1897
Larisch, Marie Louise: Kaiserin Elisabeth und ich, Leipzig 1935
Lewald, August: Das Oktoberfest, München 1832
Lewald, August: Panorama von München I, Stuttgart 1835
Ludwig I.: Gedichte, München 1829 und 1839
Ludwig I.: Signate König Ludwigs, München 1987–1997
Ludwig I. und Lola Montez: Briefwechsel (Hrg. R. Rauh, B. Seymour), München/New York 1995
Ratzel, Friedrich: Glücksinseln und Träume, Leipzig 1905
Ringseis, Johann Nepomuk: Erinnerungen 1–4, Regensburg/Amberg 1886–1891
Schmeller, Johann Andreas: Tagebücher, München 1956
Valerie von Österreich: Das Tagebuch, München 1998
Wagner, Cosima: Die Tagebücher, München/Zürich 1976
Wallersee > Larisch

SEKUNDÄRLITERATUR:
Burckhardt, Jacob: Briefe an einen Architekten, München 1913

Corti, Caesar: Ludwig I., München 1954
Hase, Ulrike: Joseph Stieler, München 1971
Häuserbuch der Stadt München, München 1958 ff.
Jahn, Gerhard Albert : Charles Le Gaye (1765–1815) – Hofkapellmeister bei Jérôme Bonaparte und beim Herzog Carl Wilhelm Ferdinand von Braunschweig, Otto-Dessoff-Forschung, Chemnitz 2007
Oelwein, Cornelia: Lady Jane Ellenborough, München 1996
Oertzen, Augusta: Die Schönheiten-Galerie König Ludwig I., München 1927
Reiser, Rudolf: König und Dame – Ludwig I. und seine 30 Mätressen, München 1999

LEXIKA:

Collier's Encyclopedia,
Conversations-Lexikon, Leipzig 1846
Enciclopedia Italiana, Milano 1929 ff.
Gothaischer Genealogischer Hofkalender, Gotha
Kneschke, Ernst Heinrich: Neues allgemeines Deutsches Adels-Lexikon, Leipzig 1929ff
Meyers Großes Konversations-Lexikon, Leipzig 190 ff.
Neue Deutsche Biographie (NDB), München 1953 ff.
Wurzbach, Constant: Biographisches Lexikon des Kaisertumes Österreich, Wien 1856 ff.

ZEITUNGEN:

Augsburger Abendzeitung: 28.8.1828, 2.10.1842, 24.10.1842
Intelligenzblatt: 14.12.1849
Münchner Neueste Nachrichten: 7.1.1893, 27.3.1893, 20. und 21.11.1898, 23.1.1910
Neueste Nachrichten: 5. und 10. 10.1865, 20.11.1872, 11.5.1875, 29.11.1881

Abkürzungen:

FZA	= Fürstliches Zentralarchiv (Thurn und Taxis in Regensburg)
Gotha	(siehe Literatur)
Häuserbuch	(siehe Literatur)
HStA	= Hauptstaatsarchiv München
Kneschke	(siehe Literatur)
Meyer	= *Meyers Großes Konversations-Lexikon*, Leipzig 1907 ff.
MNN	= *Münchner Neueste Nachrichten*
NDB	= Neue Deutsche Biographie
NN	= *Neueste Nachrichten*
Oelwein	(siehe Literatur)
Oertzen	(siehe Literatur)
Rauh/Seymour	(siehe Literatur; Ludwig – Lola)
Wurzbach	(siehe Literatur)

Signa:

* Geburtsdatum und -ort
∞ Hochzeit
o/o Scheidung
➤ Kind(er)
† Todesdatum und -ort
☐ Begräbnisort
📖 Standesdaten (*, ∞, o/o, ➤, †, Mutter, Vater)
☐ Special zum Porträt in der *Schönheitengalerie*

Bildnachweis

Die in dieser Veröffentlichung enthaltenen Bilder (meist Ausschnitte) stammen aus dem Archiv des Autors.

Schönheiten unter sich: Thailands Königin Sirikit weilt gerne in Nymphenburg. Hier fühle sie sich fast wie zu Hause, beteuert sie.

Freunde, Förderer, Künstler und Redaktion

Poesiegruppe im Apollo-Tempel ganzjährig jeden Samstag von 11–12.30 Uhr im Schloßpark am großen See

Kontakt zu Redaktion und Herausgeber

Bei Interesse an Veranstaltungen des *Nymphenspiegel*-Kulturprojekts oder um Beiträge für eine der nächsten Ausgaben des Jahrbuchs einzureichen, wenden Sie sich bitte an: *Ralf Sartori, Ilmmünsterstr. 9, 80686 München, Tel.: 089/564837/Mail: tangoalacarte7@aol.com.*

Weitere Auskünfte dazu unter: *www.tango-a-la-carte.de*, im Bereich NYMPHENSPIEGEL. Schicken Sie aber bitte nur Kopien oder am besten Texte per E-Mail, da eine Rücksendung nicht vorgesehen ist. Rückmeldungen darauf erfolgen ebenfalls per Mail oder telephonisch. Für den Fall einer Zusage wird Ihr Text in Form einer weiterverarbeitbaren Datei benötigt.

Die 26 Autor(inn)en der diesjährigen Ausgabe

PROF. SUSANNE S. RENNER, Direktorin des Botanischen Gartens und Lehrstuhlinhaberin für Systematische Botanik an der LMU.

EVA SCHMIDBAUER, Dipl. Ing. der Agrarwissenschaften, Fachrichtung Gartenbau TU, Verantwortlich für das Freiland des Botanischen Gartens.

DR. UTE SEEBAUER hat Literatur und Geschichte studiert, war Redakteurin beim Bayerischen Fernsehen, später Leiterin einer Pressestelle. 2006 veröffentlichte die gebürtige Gernerin das Buch »Am Kanal der blauen Glocken. Künstlerkolonie und Königsschloß« über Nymphenburg-Gern.

DR. FRITZ FENZL, Dr. phil., geboren 1952, studierte in München Germanistik, katholische Theologie und Bildhauerei. Schon als Student veröffentlichte er Bücher; er erhielt unter anderem den Münchner Literaturpreis.

Viele Jahre war er Leiter der Monacensia und der Handschriftensammlung der Landeshauptstadt München.

Heute unterrichtet er am Gymnasium katholische Theologie und Deutsch. Er hat inzwischen über 30 Bücher und zahllose Beiträge für Zeitungen und den Bayerischen Rundfunk veröffentlicht. 16 Jahre schrieb er die »Lokalspitze« der Süddeutschen Zeitung. 2000 erschien sein Buch »Wahre Wunder« und 2001 »Schutzengel-Wunder«, die beide Bestseller sind. 2002 folgte »Wunderwege in Bayern« und »Marienwunder aus aller Welt«. 2003 erschien »Keltenkulte in Bayern« und »Wunderheilungen«. Das neueste Werk »Jungbrunnen« ist 2005 auf den Markt gekommen.

DR. RUDOLF REISER, Historiker, Reiseschriftsteller, Journalist, gebürtiger Regensburger, Studium der Geschichte, Osteuropakunde und Psychologie in München und Wien, Thurn-und-Taxis-Stipendiat, 1968 Promotion bei Karl Bosl. 1969–1996 Redakteur für Bildung, Wissenschaft und Forschung bei der *Süddeutschen Zeitung*. Veröffentlichung von rund tausend wissenschaftlichen Aufsätzen und 60 Fachbüchern zu den Themen Antike, Städtemonographien, Bayerische Geschichte, Biographien. Letzter Titel: »Kaiserin Elisabeth – Das andere Bild von Sissi«, München 2007.

MARYLKA KELLERER-BENDER wurde 1909 in Polen als Tochter eines Kunstmalers geboren, wuchs in München auf und studierte dort und in Paris Malerei.

Sie heiratete den Philosophen Christan Kellerer und setzte sich intensiv mit dem Weltbild des Zen auseinander. Nach jahrzehntelangem Aufenthalt in Frankreich lebt sie jetzt hauptsächlich in München, und zwar in Neuhausen, nahe des Nymphenburger Schloßparks.

Einer breiteren Öffentlichkeit ist die Schriftstellerin und Malerin bekannt geworden durch ihr sehr empfehlenswertes Buch »Zen Katzen«.

Ihre exklusiv im *Nymphenspiegel* abgedruckten Gedichte und Aktzeichnungen, waren bisher unveröffentlicht geblieben. Die Künstlerin steht für Ausstellungen zur Verfügung. Bei Interesse wenden Sie sich bitte an die Redaktion.

SABINE BERGK, in Bremen geboren, studierte französische Literatur, Publizistik und Theaterwissenschaften in Orléans und Berlin. Besuch der Lee Strasberg Schule in New York. Anschließend Arbeit als Spielleiterin und Regisseurin. Engagements führten sie an das Bochumer Schauspielhaus, das Theater Bonn, das Michigan Opera Theater, nach Detroit, an die San Diego Opera, das Teatro Nacional Brasilia, das Theater Magdeburg und das Theater Freiberg.

Seit 2007 lebt sie als freie Autorin und Regisseurin in München. Eigene Stücke: »Auslösung«, »Sägen«, »Ein Vogelhaus«, »Klytämnestras Traum«, »ängst«, »Die Mördermassakerschlachten einer dreiundzwanzigjährigen Mutter«, »Elektra.Todtraumtanz«. Gedichtbände »irrungen«, »unter tage«, »Gelächter hinter dem Zaunpfahl«, »Heisere Schreie unter den Aschegräbern« sowie »variationen über 4 elemente: 100wasser.eine reinigung, 100lüfte.flugversuche, 100feuer.brandstellen, 100erden.hebungen«. Derzeit Arbeit an einer Erzählung und einem Roman.

KATARINA CUÈLLAR, am 10.09.1979 in Moers geboren, lebt und arbeitet als Fremdsprachen-Korrespondentin in Augsburg.
Bei den sieben Kindeln 3, 86152 Augsburg, Tel.: 0821/5047699.

INA MAY wurde am 13.12.1972 in Kempten geboren, verbrachte einige Jahre in San Antonio/Texas, besuchte Privatschulen und Internate und lebt heute am Chiemsee.

Wann immer Sonne und Wetter es zulassen, fährt sie mit einem Ruderboot hinaus. »Die drei Inseln bilden eine herrliche Kulisse«, und sie stellt sich gerne vor, wie König Ludwig II. die Arbeiten an seinem Schloß vorantrieb. Ein großer Teil der Frauen- und Herreninsel befand sich nach der Säkularisation im Besitz ihrer Familie. Die Vorfahren verkauften jedoch ihren gesamten Inselbesitz für Hunderttausende von Goldmark und einen Adelstitel an König Ludwig I. »Zu schade«, findet die Schriftstellerin heute.

Mit neun Jahren schrieb sie ihre erste Kurzgeschichte, die aus warnendem Anlaß für alle Kinder und Jugendlichen immer noch vor jedem Winterbeginn ausgestrahlt wird. »Dieser war eine Mutprobe, bei der ich mit meiner Zunge an einem vereisten Laternenpfahl klebenblieb und von dem ich anschließend mit lauwarmem Wasser wieder losgelöst werden mußte. Mein Vater war derart begeistert, (...) daß er mich zur Strafe diese Tat aufschreiben ließ und gleichzeitig ankündigte: »Damit Du's auch nicht vergißt und weil vielleicht andere Kinder auch solchen Unsinn machen, wird Deine Geschichte ans ZDF geschickt.« Ich bekam nur eine Woche später den Bescheid der Fernsehanstalt, diese Geschichte würde in einen Kurzfilm gepackt werden und als Warnung vor jedem Winterbeginn ausgestrahlt. – Wie sollte ich ahnen, daß mich mit knapp 35 dieser Kurzfilm immer noch verfolgt?«

Nach dem Europasprachstudium arbeitete sie als freiberufliche Fremdsprachen- und Handelskorrespondentin und als Übersetzerin für Englisch, Französisch, Italienisch und Spanisch, war für Firmen weltweit tätig, unter anderem für Mittal Steel und Philip Morris in New York. Nun schreibt sie Romane, Kurzgeschichten, Geschichten für Kinder, Krimis, Gedichte, Fantasy, Lyrik, Artikel für Zeitungen und Zeitschriften, sie ist Mitglied der »Sisters in Crime« und Redakteurin des »Mordio«. Ende 2006 wurde sie für ihre antirassistischen Texte in Saarbrücken geehrt und erhielt Anfang 2007 eine Einladung auf Schloss Esterházy zur Verleihung der goldenen Kleeblätter. Unter den zahlreichen Wettbewerben, die sie gewann, war auch der International Writing Contest in Los Angeles. Derzeit schreibt sie mit dem Münchner Sternekoch Frank Heppner an einem Kochkrimi. 2007 werden ein Jugendkrimi, ein Kinderbuch und ein Sachbuch veröffentlicht. Die Autorin ist im Verzeichnis des »Friedrich Bödecker Kreises in Bayern e.V.« zu finden (Lesungen für Kinder und Jugendliche). Außerdem ist sie als Malerin im Chiemgau mit Ausstellungen vertreten.
Mail: ina_may@web.de, www.inamay.de

MAYA SPHINX wurde am 18. März 1978 in München geboren, wo sie auch aufwuchs und immer noch lebt, Ausbildung zur Schauspielerin, Studium der Germanistik, Theaterwissenschaften und Sozialpsychologie an der LMU.

DR. VALERIA MARRA, Malerin und Kunsterzieherin, seit einiger Zeit auch Dichterin, lebt derzeit in Lecce, Italien.

RALF SARTORI, Bühnentänzer, Lehrer für Argentinischen Tango, Film- und Fernseh-Choreograph, Landschaftsgärtner, Schriftsteller, Herausgeber und Veranstalter/im Vorstand – und Mitbegründer der Schloßparkfreunde Nymphenburg e.V., Initiator und Begründer der »Schloßpark-Initiative«.

Ilmmünsterstr. 9, 80686 München, Tel.: 089/56 48 37,
www.tango-a-la-carte.de, E-Mail: tangoalacarte7@aol.com
Viele der Photos in diesem Buch stammen von ihm (s. Bildnachweis). Sartori arbeitet ebenso als Auftragsphotograph und kann für Aufnahmen engagiert werden.

DR. JOHANN DANIEL GERSTEIN, Rechtsanwalt, Outplacementberater und Autor. Nach erfolgreicher Industriekarriere, zuletzt als Vorstand der Löwenbräu AG in München, widmet sich Gerstein seit 1988 vorwiegend der Bewerbungsstrategie, die er auch an der FH München lehrt. Daneben ist er Autor von Sachbüchern über die Bewerbung sowie von Wander- und belletristischen Büchern über den Pfaffenwinkel, der seine zweite Heimat geworden ist.
Volpinistraße 72, 80638 München, Tel.: 089/157 19 67,
Fax: 089/15 22 30, www.daniel-gerstein.de

MANFRED PRICHA, Historiker, Autor, Wissenschaftlicher Dokumentar, geboren in Altötting, lebt und arbeitet in Bochum, wo er Wirtschafts- und Geschichtswissenschaften an der Ruhr-Universität studierte. Er schreibt seit 25 Jahren Lyrik mit diversen Veröffentlichungen.

HILDE GLEIXNER, Gstaller Weg 30, 82166 Gräfelfing

BARBARA DECKER, Freie Lektorin
Lektorate/Korrektorate/Werbe- und Pressetexte
Pfarrer-Grimm-Str. 24, Tel.: 089/81 80 15 08,
Mail: decker24@t-online.de, www.textredaktion-decker.de.

GISELA WIMMER, Hausfrau, mehrfache Mutter und Großmutter mit Freude am Schreiben, verfaßt Gedichte, Kurzgeschichten und Märchen. Schwerpunkt ist die Lyrik.
Ganghoferstr. 22, 82178 Puchheim

ANGELIKA GENKIN, geb. 1949, lebt in München und sagt über ihr Schreiben: »Ich folge den Bildern – bitte sie zu verweilen – die beglückenden – die zauberhaften – die zarten – die leidenschaftlichen. Doch auch: die schmerzlichen – die beängstigenden – die grausamen – die abstoßenden.« So entstehen Texte, Lyrik, lyrische Prosa und vieles mehr.

SUSANNE BUMMEL-VOHLAND, Prinzenstr. 63, 80639 München
Tel.: 089/17 53 02, Mail: a.s.h.e.r@web.de

HELMUT LINDENMEIR, Tierphotograph,
Veit-Stoß-Str. 4, 80687 München
Bilder auf den Seiten 59, 61

SILKE-ULRIKE RETHMEIER: geboren 1948 in Göttingen,
Tel.: 089/17 14 00, Postfach: 10 12 17, 80086 München, www.rethmeier-edition.de

Die Autorin über sich: »MEIN BERUFLICHER FORT-SCHRITT: Lehrerin für Tanz, Sport und Musik, Schauspielerin, Schriftstellerin, Poetische Bild- und Objektgestalterin, Spirituell-Intuitive Sängerin.« Sie hat bereits mehrere Bücher veröffentlicht.

FRITZ PLESCH, geboren am 12.4.1936 in München; Volks- und Sonderschullehrer; drei Jahre Entwicklungshelfer in Afghanistan von Frühling 1968 bis Herbst 1971. Er wohnt in der Böcklinstr. 42, 80638 München.

WOLFGANG UHLIG, geboren am 9.2.1958 in München. Besuch des Gymnasiums bis zum 18. Geburtstag, danach Brotarbeit als Angestellter in verschiedenen Registraturen und Poststellen und 18 Jahre als Briefträger bei der Deutschen Post. »Gleichzeitig lebe ich seit meinem 12. Lebensjahr für meinen Weg und meine Be-Rufung als Schreibender und Kunstschaffender.« Veröffentlichungen von Gedichten, Kurzgeschichten und Essays seit 1970 in Amateurfanzines und Literaturvereinszeitschriften, seit 1998 im Internet. Ein einziger Beitrag in einer ca. 1975 erschienen Anthologie. Und natürlich zahllose Entöffentlichungen in Kartons und Ordnern und Schubladen. www.traumrufer.de

CLAUDIA RÖHRECKE ist 1964 in Recklinghausen geboren und im Alter von vier Jahren nach Nürnberg gezogen, für sieben Jahre. Seit 1976 lebt sie in München.
1984 Abitur am neusprachlichen Thomas-Mann-Gymnasium, fünf Semester Biologiestudium, acht Semester Kommunikationswissenschaften, Einstieg in das Berufsleben. Tätig als Verlagsangestellte im Anzeigenbereich, seit sieben Jahren beim ADAC-Verlag.
Sie lebt in Gern, zuvor in Neuhausen und Nymphenburg, und ist ledig.

PFARRER DR. HORST JESSE, geboren am 17.4.1941 in Wagendrüssel, Abitur 1961 in Regensburg. Nach dem Studium in Erlangen, Neuendettelsau, Heidelberg und Göttingen, theologisches Examen 1966. Pfarrer in Höchstadt/Aisch, Nürnberg, Augsburg und München, jetzt Urlauberseelsorger. Promovierte an der LMU in München über die Lyrik Bertolt Brechts. Veröffentlichung theologischer, kirchengeschichtlicher und literarischer Werke. Mitbegründer des »Bert-Brecht-Kreis e. V.«
»Meine Veröffentlichungen:
Das Augsburger Bekenntnis in drei Jahrhunderten, Weißenhorn/Bayern 1980. Friedensgemälde 1650–1789. Zum Hohen Friedensfest am 8, August in Augsburg, Pfaffenhofen/Ilm 1981. Der Kleine Katechismus von Dr. Martin Luther. Anweisungen zu christlichem Leben, Augburg 1982. Die Geschichte der Evangelischen Kirche in Augsburg, Pfaffenhofen/Ilm 1983. Die Lyrik Bertolt Brechts von 1914–1956, Frankfurt/M. 1994ff. Biographie über Bertolt Brechts Leben in Augsburg, München, Exil und Berlin, München 1994ff. Die Geschichte der Evang.-Luth. Kirchengemeinde in München und Umgebung 1510–1990, Neuendettelsau 1994. Die retrospektive Widerspiegelung der jugendlichen Identitätsentwicklung ..., Frankfurt 1999. Beiträge in den Anthologien des Frieling-Verlages Berlin 2000ff. Friedrich Daniel Ernst Schleiermacher, Berlin 2002. Erzähl mir eine Geschichte, München 2004. Leben und Wirken des

Philipp Melanchthon, München 2005. Faust in der bildenden Kunst, München 2005. Der Himmel hat viele Gesichter, München 2006.
In München hatte ich einige Photoausstellungen. Ich bin verheiratet und wir haben fünf Kinder und vier Enkelkinder. Mein Standbein habe ich in meinem Beruf als Pfarrer, mein Spielbein in der Literatur, Geschichte, Kunst und im Photographieren.«
www.dr-horst-jesse.de, Berlstraße 6a, 81375 München, Tel.: 089/719 57 40

SUSANNE SCHÖNHARTING, 1961 in Neuwied am Rhein geboren, Germanistik – und Philosophiestudium, Schauspielausbildung, Heilpraktikerausbildung, Regisseurin und Autorin für Jugendtheater, Leiterin der »Jugendbühne«, Lehrerin, Therapeutin, Kreative ... Hirschgartenallee 14, 80639 München, Tel.: 089/523 65 94,
Mail: Susanne.Schoenharting@freenet.de

Weitere Nymphenspiegel-Bände

»NYMPHENSPIEGEL, LYRIK, PROSA UND GESCHICHTE, DAS JAHRBUCH ZUM NYMPHENBURGER SCHLOSSPARK«, erscheint jeden Frühling neu – als Teil dieser unendlichen Geschichte – mit einem weiteren Band voll neuer Beiträgen. Alle Bände bleiben lieferbar, da die in ihnen enthaltenen literarischen oder wissenschaftlichen Texte von zeitloser Beutung sind.

BAND I erschien im »ALLITERA VERLAG« unter der ISBN 3-86520-177-6, mit Beiträgen von: PROF. DR. KURT FALTLHAUSER, MdL, Finanz-Minister und oberster Dienstherr der Bayerischen Schlösser-Verwaltung. Von der Verlegerin des »MünchenVerlag« LIOBA BETTEN. Von ADOLF MATHIAS FUCHS, Architekt und Baubetriebsstellenleiter der Bayerischen Schlösserverwaltung. Von STEFAN BRÖNNLE, Landschaftsplaner, freier geomantischer Berater und Autor mehrerer Publikationen zum Thema Geomantie. Dieser ist auch Mitinitiator und Leiter der HAGIA CHORA – SCHULE FÜR GEOMANTIE, und im Vorstand des Vereins zur Förderung der Geomantie. Von der GESCHICHTSWERKSTATT NEUHAUSEN E. V. und VIELEN ANDEREN Autor(inn)en.

BAND II des *Nymphenspiegels* erschien unter der ISBN 978-3-86520-251-2 beim Verlag »BUCH&MEDIA«, mit Beiträgen von TINO WALZ, Träger des Bayerischen Verdienstordens sowie der Ludwig I-Medaille, die er für kulturelle Verdienste erhielt. Als bauleitender Architekt bei der Bayerischen Schlösserverwaltung, leitete er ab 1945 den Wiederaufbau der Münchner Residenz. Von PROFESSOR MAX HOENE, der im Deutschen Werkbund tätig war und dessen Neugründung 1945 mit herbeiführte. Auch er ist Träger des Bundverdienstkreuzes. Wieder von LIOBA BETTEN, die ebenfalls das Bundesverdienstkreuz erhielt, für ihre ehrenamtliche Leitung des Unesco-Projekts

»Bücher für alle«. Von Dr. Hans Christian Meiser, Autor, Übersetzer und TV-Moderator, Herausgeber in der Verlagsgruppe Droemer Knaur und des Diners Club Magazins. Von der italienischen Malerin Dr. Valeria Marra. Von Dr. Johann Daniel Gerstein, der sich nach einer erfolgreichen Industriekarriere, zuletzt als Vorstand der Löwenbräu AG in München, einen Namen gemacht hat als Autor von Wander- und belletristischen Büchern über den Pfaffenwinkel. Von dem Historiker Manred Pricha. Von Dr. Erika Hertel, Dipl.-Psychologin und Professorin an der Fachhochschule für soziale Arbeit, im Ruhestand. Von der Regisseurin und Autorin Susanne Schönharting, die Leiterin der »Jugendbühne«ist, und von vielen Anderen interessanten Autor(inn)en.

Mäzene, Förderer und Sponsoren des Nymphenspiegels

Privat-Kulturpaten

Ilonka Erlenbach
Rondell Neu Wittelsbach 7, 80639 München/Nymphenburg
E-Mail: ilonkaerlenbach@aol.com, Tel.: 089/178 45 20
Kulturpatin des *Nymphenspiegels*

* * *

Manfred Gleixner
Kunstmaler
Gstallerweg 30, 82166 Gräfelfing, Tel.: 089/714 54 61
Kulturpate des *Nymphenspiegels*/Mehrfach-Patenschaft

* * *

Naturheilpraxis Ilona Angelika Fischer
Wirbelsäulen-Therapie nach Dorn & Breuss, Homöopathie, Antlitzdiagnostik nach Dr. Schüßler und Astrologische Beratung.
Termine nach Vereinbarung: Tel.: 089/14 29 37,
Mobil: 0172/545 44 02, Mail: Ilonafischer3@aol.com
Görlitzer Str. 3, 80993 München.
Kulturpatin des *Nymphenspiegels*

Die Bücherinsel
Buchhandlung am Romanplatz

Romanplatz 2 | 80639 München
Telefon 089/178 20 49

buecherinsel.romanplatz@web.de

Öffnungszeiten:
Montag - Freitag: 9.30 – 18.00 Uhr
Samstag: 9.30 – 14.00 Uhr